그 책은
내 빈 심장에
끼워둘게

교유서가 시집 005

송하얀 —————

그 책은
내 빈 심장에
끼워둘게

교유서가

시인의 말

나의 타투이스트와 나는
바늘로, 언어로.
피와 잉크가 섞이는 냄새 속에서
각자의 방식으로.

그녀의 손이 내 팔을 따라 움직인다.
밑그림의 선이 살을 따라 열린다.
고통은 문장의 윤곽이 된다.

코끼리, 두 눈, 재규어
몸이라는 문자.

나는 고개를 숙이고,
그녀는 숨을 고른다.
기계가 멎고,
방안이 천천히 기운다.
문장을 새긴다.

차
례

1부

아무도 모르는
바깥의 유령아

청소 시간

———

나는 밀대를 들고 교실 바닥을 닦고 있었다

선생님은 다가와 내 등뒤에 몸을 바짝 붙인다

검은 바닥이 더 넓어지고
선생님과 나의 그림자가 한 덩이가 된다

너 같은 애 예전에도 봤어 창백하고 마른

선생님은 나의 팔 안쪽 살을 만진다

똑바로 닦아
너 같은 애가 청소 시간에 주저앉아 하혈을 했어
깨끗한 바닥을 더럽혔어
네 치마부터
이 바닥이 엉망진창이 될 때까지

나는 거울 없이 밑을 보았다

———

책상에 엎드린 채
꿈에서

밑이 얼굴 앞에 놓여 있다
한없이 구부러진
밑과 입이 대화를 나눌 것같이

밑 안 투명한 막 안에 하나의 눈동자가
나를 똑바로 바라본다
곧 쏟아질 듯
교실 전체를 붉게 물들인다

나의 내부에 암등 하나가 켜졌다

이건 영화가 아니야

———

웃는 얼굴에 침 뱉는 법 없다더니 진짜 그런 법 없나. 법이 뭔지, 법전을 한 번도 펼쳐보질 않았으니. 법정은 드라마에서나 봤다. 그러니 나는 할 말이 없다. 판사와 변호사와 검사. 셋만 준비되면 법 몰라도 법이라 말하면 법이 된대. 나는 세팅 잘된 포장마차에서 심문을 받는다.

너 왜 나 보고 실실 쪼개니. 나 좋아해? Y가 말한다. 난 오이 안주를 씹고 있다. 테이블 멀리서 난로 속 장작이 탄다. 나는 또 웃는다. 네 시에 긴장감이 없어. 시도 밀당을 잘해야지. 너 연애 안 해봤지? Y가 나를 안으려 한다. 나는 난로 방향으로 넘어진다. 나는 웃는 채 불이 옮겨붙고 그을음을 덮는다. 야, 왜 어린애 마음 가지고 놀리냐. 옆에서 두 Y가 키득거린다. 내 머리가 까맣게 타고 있다.

세팅 밖의 한 사람. 웃는지 우는지 알 수 없는 표정의 단 한 사람. 고개를 숙이고 이미 심판받은 자. 너 그렇게 순진해서 이 판에서 살아남겠냐. 이 판에서는 마음 없이 밀당이 가능하고, 마음 없이 껴안자고. 알겠어? Y들이 생명이여 움직여라 하면 움직이자. 도우미 있는 술집도 경험해봐라. 이차를 가자. 이것이 시요 하면 시가 된대.

———

나는 소리 없이 소리지르다 그을음에 덮여도 타지 않는 자가 된다.

내 머리 말고 이 판을 깰 수는 있나. 테이블 뒤엎는 주정 말고. 법원이 저항군에 의해 점거됐다는 사적 자료를 본 기억이 없다. 법전 사이에 숨어 있을까. 참고할 것이 없는 세계가 질려. 코미디로 시작해 고어물로 끝나는 서사를 작성한다. 법원에서 드라마를 찍지 말라는 법은 없다. 겨울은 갈라진 심장을 꼭 껴안고 있어야 하는 계절. 생활에서 욕하는 법이라는 세미나를 시작하려 한다. Y들이 끄는 썰매를 개와 함께 타고 빙하 위에서. 빙하를 가르며. 욕은 시적이다.

오버타임

———

엘리베이터 바닥에 핏물이 고여 있다. 지하철 공중에 손목들이 내리고. 나는 집에 들어가기 위해 수북하게 쌓인 손목들을 치워야 한다.

손만 슬쩍 끼워 넣는다고 문이 열리지 않는다.

그곳에 가기 위해 지하상가를 지나야 한다. 지난밤 공공 화장실에서 아가들이 울었다. 뛰어가는 하이힐소리. 밤은 지나갔고 지상엔 해가 떴다. 문 열지 않은 상점들. 누군가는 숨어 숟가락을 들고. 음식냄새가 곰팡이와 뒤섞인다. 한낮이니까. 행인들이 걸어온다. 상가의 등이 점멸하고 행인들의 걸음이 빨라 보인다. 여름 특수를 겨냥해 만든 성의 없는 공포물. 행인이 내 가슴을 꼭 쥐어보곤 갈 길을 간다. 식상하고 어이가 없어 멈춘다. 뒤에서 엉덩이를 더듬는다. 행인들 사이 정지해 있는 사람들. 치마를 찢고 간다. 도축업자는 상점 안에서 묵묵히 작업을 진행중. 천장에 걸린 고깃덩어리들이 핏물을 뚝뚝 흘린다. 머리. 심장. 다리. 하얀 뼈. 태아. 환경미화원이 검은 봉지를 들고 간다. 이건 영화가 아니야. 정지한 인물

———

중 누군가 소리지른다. 소리가 소리를 부른다. 점멸이
반복하다 폭발한다. 지하상가에 불이 났어. 나만이 아니
었다. 나와 함께 우리는 지하를 뛰쳐나와 문을 잠가버린
다. 지방 타는 냄새가 역하게 번지고. 지하를 나와 다시
지하일지라도.

　바로 신고하거나 번번이 그것도 귀찮아질 때 너 따위
생각지 않고 문을 닫아버린다. 밥 먹고 이빨 닦고 세수
하듯. 나를 살리는 일이 우리의 가장 고귀한 일.

　남은 손들이 문을 두드리고 욕설을 퍼부어도

　이불을 덮고 발뻗고
　잘 자요.
　아침마다 잘린 손목들을 밟고 가자.

우리가 좀비가 아니라고?

———

우리는 난민이 아니지만
세계는 우리에게
바다에 빠져 잠기고 있는 우리에게
당신! 수영할 줄 알지? 묻는다.

우리는 우리를 보호해야 해.
이 세계에서 임신은 여자들의 지옥문.
쇼츠를 보며 친구와 이런 이야기를 속삭인다.

제왕절개를 한 여자가 난간을 잡고서 한 걸음 한 걸음
옮긴다. 아이 낳다 죽은 여자들 이야기, 살아난 여자들은
뼈마디가 아프고, 기상청 사람들이 된다. 가족들에게 오
늘의 날씨를 전한다. 여자의 몸이 왜 한쪽으로 기우는지.

농담으로 하는 말이잖아. 불쑥 가슴을 움켜쥐었어. 일
찍 다녀. 세상이 얼마나 위험한데. 공중화장실 조심하고.
남자랑 할 이야기인데. 바깥사람은 어디 있나요? 그런
데 다니니까 그렇지. 이 자리에 니가 왔잖아. 네가 여자
니까 그러지.

———

미쳐지지는 않고 미친 듯 장기들이 뜁니다. 여자들은
무표정으로 얼음 안에서 뛰어다닙니다. 언제까지 잠 못
드는 밤은 매일 되나요. 언제까지 이 미친 노역을 견뎌야
하나요.*

나는 공중화장실로 숨어들었어.
내 숨에서 입김도 나지 않도록.
그것은 얼어버린 울음 같아.
내 속의 장기들은 뜨겁고

친구와 나는 나오지도 않는 울음을 함께 운다.
울음 속에 우리들은 서로를 안고 여자 아닌 소녀로 멈
추기를 기도한다.
아직 얼지 않은 숨을 빌리고, 나눠 쉰다.

---

* 김혜순, 『달력 공장 공장장님 보세요』, 문학과지성사, 2000.

비가 질문을 들을 때

———

저의 질문을 이해하세요? 의사가 말한다. 노력중이에요. 나는 고학력 백수. 오늘은 비가 온다. 비는 침묵한다. 전공 서적과 논문을 뒤적인다. 졸업논문은 시작도 못했고. 단 한 번도 좋아진 적이 없으세요. 비가 비를 내릴 뿐. 책에는 문답이 한 쌍. 나는 그것을 증명만 했다. 오늘도 제 질문을 듣질 않네요. 진료실 쪽창으로 비바람이 들이치고

갑자기 문이 열린다. 이제 끝났어? 명령어. 나는 학습지를 보고 있다. 형식 반복의 질문. 학습지가 책상으로 쏟아지며 답을 기다린다. 명령을 돌파하지 못할 때 숨거나 죽은 척. 하필 그날은 몸이 멈춘다. 신종 바이러스가 메모리에 침입. 머리에서 높고 날카로운 기계음이 새어온다. 주전자 호루라기 소리. 액체에서 기체로, 본성의 변신. 불을 꺼도 멈추지 않는 소리. 나는 아무것도 하고 싶지 않아.

내 비명이 머리를 뚫고 집밖으로 나갔고 엄마는 엘란트라를 몰고 돌아오지 않았다. 바닥에 던져진 나의 몸.

———

동네 사람들이 나와 함께 나를 구경한다. 쇼하는 거야? 피해자인 척 잘하네. 언니, 옆집 목사 아들, 동네 개새끼들, 아빠. 나는 혀 밑에 대답을 박았다. 심장에 남은 비명을 숨기고 "네"를 내놓았다. 이제 엄마가 돌아올 거야.

의사 선생님이 내 젖은 털을 쓰다듬는다. 오늘 참 잘했어요. 개같이.

광장에서

———

　우리는 천막에 앉아 있어. 천막 주위로 사람들이 무심히 오고가네. 우리는 파도에 떠밀려 여기 왔어. 우리는 힘이 없으니까. 우리를 반작용이라 부를까. 우리는 하나의 외투를 함께 걸치고, 추위를 버티지. 세상의 가장자리에서. 근데 여기 또 누가 있지 않았어? 점점 가장자리가 투명해지네. 대형 버스가 한 무리씩 뭉텅이로 이동시키고 있어. 어젠 나도 겨우 문틈에 끼여 매달렸는데. 그건 위험하다며 무리들이 안에서 밖으로 살짝 중심점을 이동했어. 그들은 그런 것뿐인데 나는 떨거지가 되었어. 그리고 내가 한 아이의 외투를 벗겨버렸어. 매일 추웠던 것 같은데 더 추워졌어. 그래도 그 아이는 버스 안으로 들어갔어. 그 아이의 몸에 서로 새긴 손톱자국이 선명했어. 우리 쪽을 쳐다보며 귓속말을 하고 서로 팔짱을 끼는 것 같았어. 버스 창이 더운 숨으로 꽉 차 불투명하더라. 더 이상 안이 보이질 않았어. 그들에게 우리도 그렇겠지. 우리를 두고 따뜻함을 얻었네. 그리고 우리는 추운 외투를 얻었고. 우리도 이 천막을 나서야 하지 않을까. 히치하이킹 같은 거라도 해보는 건 어때? 유령에게라도. 우리 서로의 손을 맞잡고 연필을 헐겁게 말아 쥐자. 우리도, 우

———

리가 안다고 생각했던 사람도 아닌, 아무도 모르는 바깥의 유령아. 가장자리에서 더 밀려나면 거긴 낭떠러지일까. 외투 바깥만 상상해도 추락하는 감각. 지하에 갇힌 유령들을 호명하면 가장자리에서 발생하는 인력. 우리의 외투 안으로 한기가 밀려온다. 서로의 피부에서 유령이 만져진다. 우리가 사라지면 이 천막은 어떻게 버틸까. 반작용들은 또 어디로 튕겨나갈까. 흔들리는 천막 안에서.

2부

내일은
더
산산조각으로

내가 간절해지면

—

너는 졸고 나는 신의 말씀을 받아 적는다. 너는 모태 신앙. 나는 너를 따라 교회를 다닌다. 네 곁에 있기 위해 신의 말씀을 베껴 쓴다. **상은 성스러운 원상의 현시.** 내 등뒤는 뜨겁고. 나는 마주보고 싶은걸. 나는 네 말에 거꾸로 말한다. 교회에 가는 건 싫어. 그래도 함께 있고. 성경책을 읽을 때의 음성. 글자를 더듬는 너의 손가락 감촉. 신의 말씀을 적어가는. **왕은 아팠고 예수에게 편지를 보낸다, 화가를 딸려.** 나는 너를 느끼고. 신을 등지고서 듣는 노랫소리. 이마 위 깊은 눈. 감시자. 나는 너를 빼앗기지 않으려고. 이를 물며. 네가 심장에 넣은 이름. **화가는 예수를 그릴 수 없고, 예수는 아마포에 스스로 얼굴을 닦는다.** 어떻게 널 아프지 않게 도려낼까. 난 신의 자식은 하지 않을래. 널 속상하게 만들며. 너랑 자매하기 싫어. 너는 이미 가족이 충분하고. 애인이랑 자매라니. 심장이 터질 것 같아. **천에 그의 얼굴이 담긴다.** 누구의 심장이었을까. 내가 간절해지면 이루어지는 것이 없어. 신은 없어. 머리 위 폭죽이 터진다. 부활절 안으로 네가 울며 달려가고. 어떻게 하면 좋을까. 너를 다시 당기려면. 신을 믿을까. 답을 주소서. **예수의 얼굴은 어디로**

—

갔을까. 너는 내게서 더 멀리 그네를 타고. *사라지고 흩어진 얼굴들.* 신의 뜻을 따라. 신은 너의 몸을 그을리며 얼굴을 새기고 나에게는 도달하지 않는.

잃어버린 조각을 찾아서

찬장에 넣어둔 항아리에서 울음소리 들리던 날. 엄마는 허공에서 발 디딜 곳을 찾지 못하고 항아리는 부서졌다. 엉덩이뼈가 금이 갔대. 항아리를 잡으려는데 빛조각이 눈을 찔렀어. 너는 별일 없어? 한 번 깨진 항아리는 붙이기 힘들어. 나는 엄마에게서 멀어지기 위해 사막까지 갔었다. 집은 모든 것이 그대로 멈춰 있다. 대문은 열려 있다. 의자 주변에 항아리 조각이 흩어져 있다. 아무런 무늬도 없는 이런 항아리가 대체 뭐라고. 엄마의 민얼굴들이 조각나 나만 보고 있다. 당신은 내가 돌아오기만을 바랐다. 저는 그만 보시고 본인 식사를 하세요. 민달팽이들. 내 몸을 기어다니는 축축하고 미끄러운 생물. 우린 머물 곳이 없어서 미끄러지고만 있는데. 항아리 안에서 모든 소리가 울음으로 변환되고 있었다. 나는 엄마의 엉덩이뼈를 걷어차고 태어났지. 집을 나올 때도 나무문이 부서졌다. 호적에서 파는 것도 나쁘지 않네요. 나는 뾰족하고 날이 선 조각들을 흘리고 다녔다. 핏빛 발자국이 찍힌 이유도 모른 채. 엄마는 빈방에서 조각들을 깁거나 주워 붙이고 있었구나. 깨진 항아리가 내 발밑에서 다시 깨지고 모래 먼지가 엄마의 세간에 더께로 앉는다. 조각들은 내 손이 닿지 않는 지층으로 묻혀버렸다.
이 흙은 곱고 부드럽네. 진흙 안에서 걸어나오는 진흙인
간. 부푼 배를 매만지며 나누는 속삭임. 이번엔 잃어버리
지 말자.

심해어

—

물 안에서 척추가 자라난다. 내가 기지개를 켜는 사이. 물도 부서진다. 진동. 기포들이 쏟아진다. 나는 틈과 틈을 헤엄친다. 잠시의 소란을 피하려고 했을 뿐인데. 어둠에서 진한 어둠으로. 여기는 어디인가요. 물 내음이 사라지고 비린내가 폐부를 찌른다. 아무 응답이 없다. 내 안에서 물결이 일렁인다. 내가 뒤집힌 것만 같아서. 더 깊이 들어간다. 숨어든다. 해저에 닫힌 문들이 쌓여 있다. 하나의 문을 열면 어둠 사이로 그림자들이 누워 있다. 내가 죽인 엄마라는 허물과 얼굴들. 어떤 얼굴은 표정을 멈춘다. 마지막이 생각나지 않아. 검정 하이힐 한쪽. 나머지는 묻혀 보이질 않는다. 노트는 채워지지 못한 채 가방 안에 갇혀서. 그리다 만 얼굴 같은 것도 있겠지. 철제 조각들이 박혀 녹이 슬었다. 녹슨 물이 흐른다. 내 안으로 지느러미들이 자라난다. 문구점 유리창 마론인형 더미. 오리털 점퍼 두 개는 팔짱을 놓지 않는다. 지층은 버려진 것들이 쌓인 자리. 지금껏 앓고 있는 무릎들을 깨운다. 밖에서 아직 너희의 이름을 부르고 있어. 내 부풀어오르는 몸을 흔들어 너희를 깨울게. 심해의 지층이 뒤집힌다. 부유물. 유실물. 이제 돌아가야지.

—

엄마의 독서법

더는 읽지 않는 책들이 쌓여 있다.
책을 펼치면 그녀가 사랑하는 사람의
심장을 꺼내 꿈틀대는 날것을 먹으며
나를 보며 웃는다.

맨 아래 책을 뽑아들어도 이야기는 무너지지 않고
자정까지 엄마는 물을 퍼올린다.

나는 입을 막고 재채기를 한다.
자는 척하지만 잠들지 못하는 긴 밤
책 안에서 방언 기도가 일렁이고

엄마는 책 사이에서 면도날을 꺼내 자신의 종아리를
벤다.
부엌 입구에서 졸고 있는 나를 업는다.

나는 꿈에서만 엄마를 찾고
자는 동안 이야기를 만든다. 다 채워넣으면
그 책은 내 빈 심장에 끼워둘게.

이야기 속에서 그녀는 내가 피를 볼 차례라고 했어.

내가 엄마를 천 일 하고도 더 죽이는 이야기와
상처가 벌어질 때의 미소와
저녁 만찬과
여름밤 공포 영화와
내 뒷덜미에 닿는 나무의 그늘
한 이야기와 다음 이야기 사이의

우리는 치마 밑단이 젖도록 취해 밤새 헛발질했다.
찻상이 넘어지고
병과 잔은 밤을 굴러 담을 넘어
지금까지 응고되지 않는 피.

염소의 눈

너를 물었다. 너는 북쪽에 있고 나는 녹아내린다. 햇빛이, 땀과 침이 나를 녹인다. 너는 높이에서. 흐르는 나를.

버드나무에 새끼 염소가 묶여 있다. 목 매여 있다. 염소는 목줄의 길이만큼 걷고, 본다. 하나의 세계는 크기가 일정하지 않다. 두 사람이 세계 내부로 걸어들어와 먹이를 주었다. 이제 혼자. 두 사람에게 꼬리를 흔들었다. 이제 흔들지 않는다. 아니다. 흔든다. 없어도 보이는 것이 있다.

염소는 제자리에 있다. 버드나무가 길어지면 먹을 것을 애걸할 필요 없고. 사람은 없다. 늙은 염소는 아무도 팔아먹지 않을 것이다.

너는 누워서 염소의 성장을 꿈꾸고, 나는 흐르며 염소의 주위를 돈다. 염소는 둥글고 따뜻한 똥을 쏟아내고. 가끔 운다.

너는 꿈을 이불로 덮고서 일어나지 않겠지. 겨울에는 함박눈이 쏟아지고, 나는 염소 가까이에 얼어 있어야지. 나도 여기에 머물 수는 없을까.

두 사람이 버드나무 아래로 걸어온다. 목을 흔들면 종소리가 난다.

마주침

내가 그랬을 리 없는데 네가 운다. 소주병을 쌓아두고 술집 구석에서. 너를 내 무릎에 눕히지 않는다. 어른이 되어서도 혼자라고. 고아라고. 너의 머리를 쓰다듬지 않고 눈물을 닦아주지 않는다. 너는 테이블을 엎고 벽을 친다. 네 상처에 약을 발라주지 않는다. 나는 반대쪽 구석 테이블에 앉아 술만 마신다. 아무도 우리를 사랑하지 않는다. 네 손가락 마디 주름은 사라질 것이다. 아침에 일어나 무엇이 달라진지 너는 모른다. 지하방에 빛이 새어들고. 나는 네 방에 살지 않는다. 빛을 따라 사람들이 걷는다. 너의 배를 만지며 자전거를 타지 않는다. 따뜻한 것이 너의 등이었는지. 나의 가슴이었는지 알지 못한다. 너는 사람들을 따라 걷는다. 외투를 털며 멀리.

다락방 친구

———

밤새 불 꺼지지 않는 다락방 창문 하나

나는 오늘 티타임에 초대받았습니다. 다시 말해야지. 영어 선생들은 친절하듯 짜증나게 굴어. 넌 학교에 가지 않아 좋겠다.

색종이로 오린 동그란 접시와 하트 스티커를 붙인 둥근 찻잔. 너를 위해 낮 동안 꿈속에서 만든 티타임 세트야. 꿈속에서까지 나를 생각해줘서 고마워. 이제부터 낮이 좋아지겠어. 떨어뜨려도 괜찮아. 난 다시 너를 꿈꿀 테니까요. 너는 너의 짧은 머리카락을 뽑아 찻잔에 떨어뜨린다. 한 손으로 받치고 다른 손으로 컵을 조심히 쥔다. 너는 종이찻물을 입에 욱여넣는다.

너는 나의 야간 과외 선생. 내게 몽상하는 법을 알려줘.

나는 밤마다 네 창으로 기어들어간다. 너의 방에는 조각난 색지들이 쌓여 있다. 나는 찻물 위 피어오르는 뜨

———

거운 기체를 본다. 기체가 닿은 천장에서 곰팡이가 번지고. 검고 푸른빛이 네 얼굴로 흘러내린다. 찻잔 위로 흘러내리는 네 얼굴.

엄마는 네가 얼굴 반쪽이 뭉개지는 병에 걸렸다고 했어. 내가 중얼거리자 찻물 위로 퍼지는 너의 환각. 나는 너의 얼굴을 만지고 싶었어. 네가 나를 꿈꿀 때 내가 본 네 나머지 얼굴.

네 얼굴에서 부서지는 빛은 어디로부터 오는 걸까. 너는 하나의 얼굴이 아니라서 나는 너의 문 앞에 내내 서성였다. 조각난 것들, 뜯어진 벽지와 유리 파편, 조개껍데기들. 본류가 어디인지 잊어버린 채 밀려온 것들.

아무나 조각을 이어붙이진 못할 거야. 다시 나는 너에게 손을 내밀고. 너에게서 내게로 물결의 파동이 밀려온다. 나는 부서지고, 우리는 서로가 눈이 부셔서 웃는다.

서로의 웃음을 후후 불어 마시고 함께 꿈꾼다. 영원히

———

완성되지 않을 벽화를 올려다보며 내일은 더 산산조각
으로.

　걸어다니면서도 꿈을 꾸는 아이. 너와 함께 나는 세상
밖으로 퍼진다.

나는 끝내 듣고 말았다

수강생들은 서로에게 관심이 없다. 강의실은 처음이고 선생님 자리는 비어 있다

여기 반장이 있나? 경비원이 문을 벌컥 열고 소리친다

아무도 대답이 없고 선생님 자리에 커다란 귀가 앉아 있다

수강생들은 커다란 귀가 익숙한지 아무 말 없다. 전체는 낯선 것도 부분으로 잘라보면 꼭 그렇지만도 않으니까

귀는 길게 늘어져 호의적 분위기. 어떤 말도 들어줄 듯한 포즈. 지난 선생님은 그럼 상담사에게나 가보라 했다. 상담사는 능력 밖의 일이라며 문을 닫았다. 커다란 귀는 멀고먼 인과를 연결해줄 수 있을까. 우리가 왜 모여 앉아 있는지도

머리카락 사이로 귀 없는 뒤통수들이 보인다. 오늘은 속이 시끄러워 귀를 떼고 나왔겠지. 소독액 속 둥둥 떠

있는 귀. 귀 두 쪽에 부글거리는 말들. 귀도 새도 모르게 드나드는 속의 말. 나도 두고 온 자리

선생님을 기다리다 수강생들은 잠이 들고 침을 흘린다. 우리의 없는 귀에서 침묵이 새어나오고

커다란 귀는 투명한 혀를 놀리며

3부

빛나는 것들은
여전히
빛나고 있어요

기다리는 사람

—

횡단보도를 건너려 기다리는
그녀를
그녀의 등을 본다.

그녀의 등은 둥그렇고
기다리는 쪽으로 굽어 있다.

그녀의 등은 이목구비가 없지만 표정이 있어서
나는 머리카락을 떼어주려다 멈춘다.
울지 않으려는 사람을 곧 울릴 것만 같아

머리에서 흐르는지도 모르는 채
흘러버린 머리카락 한 가닥
떨어질 때마다 땅에서 진동이 느껴진다.
그녀 발끝 뒤 아슬아슬하게 뚫린 싱크홀도 모르고
그녀는 걷는다.

갈라진 아스팔트 사이로 흘러내리는 흙더미를 본다.
더는 가지 마, 기다리지 말아.

—

그녀가 가는 방향을 따라 싱크홀은 깊어지고

　구멍 안의 흙은 흘러내리는 것일까 이제 한숨을 놓는
것일까.
　목적지에 도착해 엉엉 울어버리고 마는 그녀를 기어코
상상한다.

무화과 익는 정원

——

고열의 몸을 앓는 여자, 그 곁의 또 한 여자

여자는 앓는 사람의 옷을 벗기고
젖은 수건으로 앓는 사람의 몸을 닦는다.
고열은 두꺼운 외투.
앓는 사람의 고열은 벗겨지지 않아.

여자는 자신의 이마를 짚어본다. 몸에서 몸으로
몸안으로. 그녀의 장기가 뜨거워진다.
다 살아 있다고 몸밖으로
뛰쳐나오려 속이 뒤틀린다.
그녀를 미치게 만드는 여름의 고열

고열은 순식간에 머리통에 들러붙는다.
겹들은 뜨거워.
함께 있는 것이 고통의 시작일까.

겨드랑이와 몸안에서 해열제의 퍼짐과 앓는 사람의 중
얼거림, 서로 접해 있지만

——

알 수 없는 고통의 근원을 찾으려고
어두운 거실 밖 검은 나무의 가지 끝
간신히 매달려 있는 무화과
앓는 사람을 두고

무화과는 우리가 잃어버린 소녀.
밤과 새벽 사이
소녀의 얼굴에 초록빛이 일고
여자는 무화과를 향해 걸어갑니다.

류와 앵두

—

나는 터미널에 서 있다. 류가 보인다. 순천 나주 벌교 고흥 같은 말들이 너의 스웨터에서 흘러나온다. 여기는 따뜻하다. 네가 나를 안는다. 잘 왔어. 햇빛이 비치는 자리에 돌멩이들이 모여 있다.

나는 류의 품에서 운다. 내 심장을 꺼내고 싶었어. 본체와 다른 계열의 부속품 같아. 심장은 금세 건조하고 차가워져 표정을 잃어버렸어.

류가 나를 토닥인다. 숨쉬는 법부터 배우자. 공기가 안에서 흐름을 탈 때까지. 여기 있어. 앵두가 잘 익을 때까지 밑돌을 꺼내지 않는 거야.

내가 덮은 이불 안에서 체온이 느껴졌다. 류의 방에 먼저 머문 것들. 곳곳에 길고양이들. 잠 깊숙이 나를 묻는다.

류는 한 손으로 앵두 꼭지를 딴다. 한 손으로 고양이에 파묻힌 나의 머리카락을 쓰다듬는다. 털이 가지런해

—

지고 나는 류의 손을 따라 숨을 쉰다. 앵두는 동그랗게.
류는 배가 가장 큰 항아리를 들고 온다.

한낮 앵두 자장가 함박눈 설탕 창문의 서리 몇 번의 밤
꿈 슬레이트 지붕 위 발걸음 나의 그림자에 내가 소리지
를 때 류가 심장을 다독여준다. 차가운 심장이 조금씩
녹는다.

바람이 불어온다. 땀범벅의 밤. 작은 울음. 방 온도가
가장 높은 날. 류가 앵두액을 컵에 담아 내게 건넨다. 나
는 붉은 컵을 쥔다. 심장이 뛰고 있다. 축축하고 뜨겁게.

동거

———

나만 보이는 상처가 있다. 상처는 자리를 옮겨다닌다. 태평하게 소파에서 티비를 보다가 밤새 네가 나를 차는 바람에 생겼잖아. 상처가 찌푸린다.

나는 상처가 하는 말을 흘려듣는다. 진물이 고이고 쉰내가 난다. 우리에겐 환기가 필요해. 상처가 커튼을 걷고 창문을 연다. 나는 상처보다 상처에 민감하지 않다.

정원사가 사다리를 타고 창문 밖에 서 있다. 방역중이라 한다. 나무에서 벌레들이 한꺼번에 추락한다. 나는 상처를 보지 않고 정원사에게 말한다. 조심하세요. 정원사는 내게 묻는다. 혼자 사시나봐요? 여자 혼자 사는 집. 경비 아저씨도 그렇게 말한 적 있다. 나는 고개를 젓는다. 아니에요. 혼자 있지 않아요. 벌레들을 보세요.

방안은 소독 연기로 차오른다. 내가 뱉은 벌레들이 죽어가며 기어간다. 속에서 벌레들이 줄줄이 기어나온다. 나는 잠꼬대로 욕설을 뱉었다. 이대로도 좋다고. 이것만으로도 나아지고 있다고.

———

상처가 한심하게 나를 쳐다본다. 내장까지 썩고 있잖아. 겉으로 멀쩡해서 괜찮은 줄 알았지. 속에서 벌레들이 알을 까고 있다. 우리 평생 함께할래. 상처를 보며 처음으로 말을 걸어본다. 상처는 치유될 일 없고 네가 낳은 새끼들이 방안에 가득하다.

뭉개지는 사람

———

　그녀가 주머니를 뒤진다. 그녀는 길바닥에 누워 있는 자신을 떠올리곤 한다. 나와 인사를 나누다 약을 꺼내 먹는다. 약은 늘 그녀의 주머니에 있고, 그녀의 손은 주머니에 있다.

　그녀가 내 주머니에 손을 넣는다. 그녀와 헤어져 혼자 걷는 삼거리. 나는 주저앉는다. 내가 그녀의 외투를 입은 것은 아닌지. 함께 있으면서 서로 각자의 약을 털어 먹는다.

　주머니에는 약이 아닌 점토가 들어 있다. 혹시 내가 주머니에 넣어두고 잊어버린 건 아닐까. 나와 멀어진 사람이 여전히 연결되어 있다고 믿는다. 내 것 아닌 것을 나에게 당기려고.

　그녀의 온기가 점토에 남아 있다. 점토는 손안에 꼭 쥐어질 만큼 뭉쳐진다. 점토는 작은 사람 모양. 채 굳기도 전에 내가 망쳐버렸다. 작은 사람은 코가 뭉개지고, 한쪽 귀가 찌그러졌다. 망가진 사람도 사람이라고 해야

———

할까.

나는 어느 쪽으로 가지도 못하고 망설인다. 내 손에 쥐어진 작은 사람에게 망이라 부르는 건 아파. 밍이라고 이름을 짓는다. 나는 밍의 귀를 떼어낸다. 아파하지 않는 밍이 사람 같지 않아. 그런 밍이 마음에 들다가도 미워져 코도 떼어버린다.

엉망이 된 얼굴을 갖고도 얼굴은 별것 아니라는 표정을 짓는 밍. 나에게 아무것도 묻지 않는 밍. 왜라는 말이 사어가 된 세계에서 온 밍. 그녀의 것도 내 것도 아닌 밍. 우리의 걸음에 앞장서지도 뒤처지지도 않는 밍. 삼거리에서 어디로 가도 신경쓰지 않는 밍. 울지도 웃지도 않는 밍. 진흙을 다 씻어내도 남아 있는 밍.

아파도 아파하지 않는 건 아픈 걸까, 아프지 않은 걸까. 나는 가야 할 길들과 함께 뭉개지는 중이다.

두더지 따라 하기

———

흰 벽 앞에 두더지가 앉아 있다. 나는 두더지를 바라본다. 그 자세로 얼마를 지내야 등이 네가 될까. 나의 목은 휘어지고 내 머리통은 심장에 가까워진다.

나는 두더지 뒤에 앉아서 등을 쳐다보는 수행자.

태아가 잠을 자는 걸 떠올려보세요. 그곳에 모든 태도의 시작점이 있어요. 나는 엎드려 '태아'나 '잠자는 것'을 상상해봤는데 그걸 어떻게 연결하는지 잊어버렸다. 나도 분명 태아였던 적이 있었고, 그 장소에 있던 이들도 마찬가지였을 텐데. 우리는 함께 태아의 잠을 상실했지. 나는 아무렇게나 엎드려 뒹굴거린다.

두더지가 벽의 한 지점을 긁어댄다. 드디어 나는 벽을 뚫고 전진한다. 내가 오른쪽으로 굴을 뚫었고, 두더지의 등이 보이질 않았다.

앞은 다시 흰 벽. 흰 벽 앞에 내가 앉아 있다.

———

별이 목에 걸려서

밤에 몰래 우는 어른에게서 낮에도 우는 내가 태어난
다.

천문학자가 이천만 년 전 오늘의 별을 보여준다. 지구
가 똑같은 하늘을 향해 있을 때.

빛나는 것들은 여전히 빛나고 있어요. 수학자도 같은
말을 했었다.

이천만 년 전 내가 내가 아닐 때 나는

수소거나 철이거나 탄소화합물, 야릇한 쿼크
이런 것도 하나의 공식일까

나는 물을 먹다 목에 물이 걸린다. 썩은 물을 토한다.
이천만 년 전부터 고인 물. 바닥이 어둠으로 물들고 사
람들이 발을 구른다. 물웅덩이를 토한다.

천체망원경에는 보이지 않는다.

　나는 천만년이 흘러도 빛나는 별이 되는 일에 실패할 것만 같다.

재개발

다리까지. 너를 만나면 신비한 일이. 척추 세우며 천천
히 걷는. 쫓아와. 꼬리를 쫓고. 학교가 사라진다. 다리
건너 다시 다리 아래. 웃는다.

수염은 간지럽고. 이마가 이마에 닿을 듯. 주위를 맴
돈다. 비접촉성 온기. 그날 너는 밤바다를 향해 서 있었
지. 불꽃이 터졌어. 불은 닿지 않아도 따뜻해. 네 잘린
꼬리를 만들어줄게.

재개발 승인 지역. 검고 붉은 글씨 앞에 나는 멈추고.
너는 멈추지 않아.

대낮에도 어둠이 깔린. 큰 칠판 가득 화학식. 이해할
수 없어 머리에서 사라지는. 다른 크기의 비커. 화학약
품. 겸자와 약수저. 사발에서 빛이 새어나오고. 어지러
워. 창이 없어 그럴 거야. 사발에 태양이 담겨 있어서. 조
금만 기다려. 곧. 머리카락에도 환상통이 있나봐. 나는
교복 치마를 가랑이 사이에 넣고 앉아. 파란 머리통을
쓰다듬으며. 너는 불꽃을 갈고.

건물에 목을 매달았대. 아니야. 사고라는데. 현수막에
걸렸대. 빛이 없어 몰랐나봐. 아니야. 화재가 났대. 거긴
아무도 없어.

검은 입들이 입을 벌리고 웃고.
아니야. 살아 있어.

나는 머리통의 불꽃을 터트리며. 흰 가운을 걸친다.

4부

이번엔 내가 유령

물과

———

　물병이 가방에 있다. 내 것은 아니다. 물은 흐름. 물은 물과 만나 물로. 내 가방에 물은 없다. 물은 찰랑임. 빛. 파랑. 해초. 투명. 미래. 주황. 겹. 핏빛. 고래. 하양. 기원전. 인간 아닌 모든 것. 예측 불가능. 암흑. 잠재태. 리듬. 카오스와 코스모스. 동시적. 물 앞에서 피가 흐르고 숨을 쉬고. 너에게 바다에 가자고 했다. 너는 춥다고 했다. 물은 춥지 않고 덥지 않고. 너는 땀이 많고 나는 추운 걸 싫어한다. 물은 적당하고. 높은 곳에 오르면 물의 깊이에서. 모든 생명체가 숨을 쉬고. 숨쉬지 않아도. 육체는 사라지고. 물과 물이 되어. 물은 서로에게 묻지 않고. 기원전의 물인지, 미래의 물인지 상관없이. 심연인지 표면인지. 상류인지 하류인지. 원천인지 복제인지. 일류인지 삼류인지. 물은 물이라 물과. 물은 물을 타고 오르고. 함께 흐르고. 내내 흘러. 동행하고. 헤어지지 않는다. 물이 물을 통과하고 물을 넘고 앞서 메롱 하고 물은 따라가고 어깨를 툭 치고 물이랑 놀고 머물고 흐르고 놀고 고이고 부딪히고 흩어지고 또 만나 놀고. 뭐하고 놀지 묻지 않고. 그냥 놀고. 물과 물로 충족 가능한. 물과 물은 때리지 않고 놀고. 단독자로. 공생체로. 다른

———

것들이 알은체해도 좋고. 같이 놀아도 좋고. 썩어도 좋
고. 물이 썩고. 물도 썩고. 썩은 물로 만나고. 썩어서 놀
고 웃고 너 웃겨 울고 아프지 말아 아프지 않고 나는 혼
자서 물과

구름 유발자

구름이 움직이질 않았다. 지방층인 양 두터워지는 중. 지방정부는 지난주 구름이 발생하는 모든 요소를 완전히 차단하겠다고 발표했다. 구름은 반입 금지 품목. 주머니에 손을 넣었는데 정말 구름이 만져지면 어쩌지. 구름은 어떤 감촉일까. 사람들은 구름이 궁금했다. 이제 구름은 해를 가렸다. 죽은 쥐의 느낌이라도 공공장소에서 놀라지 않아야 할 텐데. 사람들은 자신이 구름 유발 혐의자가 될까봐 묵묵한 척. 지하에서 또 지하로 이동하는 것과 다르지 않은 일상. 구름 지대 속, 고층 건물 사람들이 피부가 짓무른 채 죽어 발견되었다고 뉴스 속보가 뜬다. 사람들의 신체가 빛을 보지 못해 연약해져 있다고 의학박사가 죽음의 원인에 대해 설명한다. 구름의 생태가 과잉 축적 단계로 진입하는 것이라고 미래기후학자가 말한다. 인류는 구름을 평생 지탱하면서 살아야 하는 것 아니겠는가? 종교인이 눈물을 흘린다. 그들은 구름세계대응연대 성명서를 작성한다. 회의 테이블 위 크래커가 순식간에 사라진다. 구름이 사람 살을 먹고 두터워지는지도 모르겠어. 사람들이 수군거린다. 반정부 부대는 세계정부의 전체주의를 의심했다. 구름 안으로 들어가

봐야겠어. 손을 뻗으면 만질 수 있을 만큼 불어난 구름
의 몸집. 무엇도 구분되지 않는다. 사람들은 구름 안으
로 파고든다.

눈오리

———

　눈이 내리고, 놀이터에 아무도 없다. 그네는 바람만 신고 흔들리고, 눈을 털어낸다. 아이들이 밤눈과 함께 찾아든다. 아이들이 밤눈과 함께 내린다. 텅 빈 놀이터를 가득 채운다. 살아서 놀아본 적 없어 놀고 싶은 마음. 마음은 어떻게 현실이 될까. 학교와 학원. 학교와 텅 빈 집. 사람들은 아이를 낳으라 하고, 아이들을 보지 않는다. 술 취한 이가 토해놓은 구토를 비껴간다. 아이들은 투명한 눈을 토해낸다. 보이지 않는 아이들이 놀이터에 첫 발자국을 찍는다. 한 명이 발자국 하나를 찍고 다른 한 명이 나머지 발자국을 찍는다. 나는 아이들의 발자국에 덧대어도 표나지 않는 오리. 부리로 아이들을 쪼아대지 않고서 견딜 수 없겠지. 아이들이 웃으며 소리지르고 나는 아이들을 더 쫓고 싶다. 아이들이 놀이터 안에서 도망다닌다. 놀이터 밖으로 나가지 않는다. 놀이터에서 놀이만이 무해하다. 나는 좀비 오리. 술래 오리. 밤새워 놀고 땀을 흘리고 눈이 다 녹도록. 새벽이 들고 아이들이 순식간에 사라진다. 나는 매립지에 숨어 아이들이 올 때까지 기다린다. 이번엔 내가 유령. 날 잡아줘. 날 찾아줘. 더 깊이 묻힌 것들은 눈이 되어 내린다.

———

가모장

갸가 임신시켜놓고 지어낸 이야기야. 내가 이미 인간인데. 지가 뭔 신이야. 인간이니 지겹게 인간만 낳지. 어둠 속에 집어넣고. 쑥과 마늘만 주는 거야. 우리의 아이는 특별해야 한다나. 그때부터 그 거짓을 알아봤어야 했는데. 믿었지 뭐야. 사랑이라니.

같이 있던 애가 쟤 쫌 진지충 아니냐. 이태원 가서 밤새 놀자. 내 귀에 속삭였어. 걔가 입냄새가 좀 나더라. 아무거나 먹던 애라. 나도 입냄새 날까봐. 애 앞에서 할 말은 아니지만. 고만 울어라. 너도 말할 때 안 됐냐. 엄마는 됐고. 이모 해봐라. 쑥하고 마늘만 먹어 낳아놨더니 애는 뭐든 늦어. 우리 엄마는 열 남자 거느리고. 그것도 부족해 유랑하며 아직도 한창이라는데. 할머니 싫다. 애 보라 말아라. 너는 우리 혈통이 아니다. 할머니 이모 다 뒤집어도. 보도 못한 계집애. 답답하게 살지 말아라. 엄마가 남긴 마지막 말. 너도 궁금해하는 거. 칠순이 넘었는데 아직도 허벅지에 열 남자 앉히는 게 어색하지 않더라고. 뼈도 튼튼하고. 건장한 여장부야. 신녀로 등극할지 몰라.

걔는 그뒤로 낮이건 밤이건 안 오더라. 내가 기억 불가한 곳으로. 출장을 가야 한다. 왔다. 음성으로만 오는. 사랑인데. 인간이 없냐. 그래서 나갔지. 태교한다고. 온전히 혼자. 나는 삼청동과 시청 사이를 걷고, 걷고. 아이야. 너는 방향을, 미래를 아냐. 나랑 이렇게 걸어다니자. 혼자.

나는 어둠 안을 걸었어. 인파들이 배를 밟을 때. 나는 인간이 모르는 인간이 된 거야. 모르는 인간을 잉태한. 드디어 변신한 건가. 환웅이 말한 거. 지랄. 내가, 지 애가 밟혀 죽을지도 모르는 걔가 무슨 신이야. 신이면 간절할 때 나타나야지.

이제 남자도 싫고, 사랑도 싫어. 나는 엄마처럼은 안 되겠고. 그래서 신녀도 못하겠고. 인간 아닌 인간으로 살래. 잘됐지 않냐? 엄마도 아니고. 아무것도 아니고. 그냥 애 떠날 때까지 손잡고. 거리에서. 쑥 마늘은 이제 보기도 싫어. 애도 그거 들어가면 입도 안 대. 아무거나 먹고. 아무데서 자고. 바람 불면 시원하다 하고. 거리에서 낳고. 거리에서 자라고. 얘는 할머니 따라 신녀가 되려나. 얘가 좀 늦어도 통뼈야. 그러니 너도 나 찾지 마. 인간같이 살거나 인간 아니게 살거나.

소녀들은 광장에 살고 있다.

모르는 소녀들의 이름

———

어두운 시청각실에 모여 앉는다

영상 속 해파리가 유영하고. 빛이 들지 않는 그곳, 심
해. 우리는 바다라고 말하며 바다 밖을 예감한다. 해파
리는 해변에서 비치발리볼을 할 듯 점핑 연습중. 해파리
의 촉수가 가볍게 물결을 스치고

책상 밑에서는 다리가 다리를 스친다. 어둠 속에서 스
타킹을 벗는다. 치마 아래서 맨몸으로 불어오는 바람.
내 다리에 닿는 너의 종아리. 비늘 터는 소리가 나고

그때 신경 다발에서 일어난 빛. 아이들이 눈을 뜬다.
몇몇은 의자를 당겨 앉는다. 심해어는 스스로 빛을 발하
는 시스템을 갖췄고. 아이들이 자신을 둘러본다. 발광하
는 우리를

어둠을 잊은 손가락들이 서로의 몸을 스친다. 피부 깊
숙이 발생하는 전기, 또 한번의 발광, 다리가 오므라든
다. 점핑이 가능한 건 해파리만은 아니다. 바다는 바다

———

밖을 생각하지 않는다. 너와 나는 브래지어와 팬티를 벗는다. 가슴이 물결에 흔들리고 지느러미가 돼. 네게 입맞추면 너의 머리에 아가미가 생기고. 숨을 쉴 때마다 머리카락이 출렁여. 빛은 우리로부터

광주천

———

　오랫동안 마을 사람들은 구멍을 막고 다녔다. 옆집 여자는 자신의 사내와 다 큰 아들의 입을 막고 윗집과 아랫집의 사내는 스스로 귀를 막아. 앞 동네 할아버지는 항문을 막고, 우리집은 밑을 막고, 서둘러 신음을 막네. 멀쩡한 양말마저 꿰어야 할지 모르지. 바깥과 연결된 내부란 동굴 같아서

　동굴 안에서 아이가 태어난다. 막을 구멍이 또 태어났어. 앓는 소리. 웃는지 우는지 알 수 없는 소리. 소리가 귀를 달고 다니네. 아가의 주변으로 귀들이 몰려. 목이 마른 귀들이 소문을 퍼트린다. 그럼에도 백일은 기다리는 것. 삼신할미가 아이의 머리맡에서 모든 구멍을 막아. 아기의 피비린내는 제 어미의 것

　마을의 주머니. 가장 안쪽. 무엇이든 머물고 버린 것만 남은 자리. 물결에 떠내려온 것들은 주인이 없고, 내일이 돼도 없다. 깎다 남은 손톱과 머리카락 같은 것들이 뭉쳐. 치마 안자락에 이끼가 돋네. 나는 물컹하다. 날 때부터 습한 자리에 터를 잡은 건지도

———

나는 산 채로 구멍인 자. 구멍에서 나고 구멍으로 들어. 마을의 귀를 달고 있다. 이곳의 내부이고 동굴인 어미. 소중한 것은 여기에 묻자. 아이들이 쓰레깃더미 위에서 알을 까고 노네

구름집

———

유리 재떨이를 보면 머리가 쪼개졌던 것 같아. 피가 흘렀고 그뒤는 생각이 나지 않아

재떨이에 담배 몇 개비 혼자 타고

제물을 올리는 행위는 목적지에 가닿고 싶어서야. 그런데 목적지를 몰라서야 방랑뿐이지. 그래서 네가 원하는 게 뭐야

내가 엄마라고 부르는 너는 진짜 엄마처럼 묻는다. 땅의 집을 불태워줘

네가 피워놓은 담배를 물기 위해 사람들이 하나씩 나타났다 살아 있을 때도 교복을 자주 입지 않던 취가 교복을 입고 그래도 학교는 꼭 가던 카를 곱게 화장해 데리고 왔다 그들에게서 쫑의 오토바이 불연소 매연냄새가 났다 불시착한 영혼들이 더 오려는지 창이 바람에 마구 흔들리고

———

너는 제사장이 되어 내부의 창을 모두 열어젖힌다. 안
개가 순식간에 밀려들고. 나는 방화하고 싶은 마음을 부
른다

우리는 시험에 들기로 한다. 불꽃 안으로. 없는 세계
를 그린다. 더욱더 선명하게 그리고 함께 걸어들어간다.
연기에 휩싸여

땅에서 허락되지 않은 우리의 집이 하늘에 있으니

탐험 일지

—

셋이서 엉겅퀴를 자르며 숲으로 들어가려 애쓰던 때. 우리는 서로를 껴놓을 빈자리가 필요했으니. 모두가 얼음장이었으니까. 현수의 맨살에 생채기가 났어. 얼음 깨지는 소리. 상처마저 얼어버렸나. 핏물 끝 얼음 결정체가 맺혔다. 가시를 걷어내고. 엉겅퀴가 벌어진 사이로 나무 판잣집이 보이고. 그것은 우리가 찾던 숲의 문. 먼지를 걷어내려 바람이 불었어. 문의 열림과 닫힘. 거미들의 분주함. 거미줄을 걷고. 우리는 몸을 조금 떨었고 현수는 곧장 들어갔지. 판자 사이로 빛줄기가 쏟아졌어. 눈이 멀 듯. 그날은 구름이 내내 두터웠는데. 해는 안에서 숨바꼭질을 하고 있었을까. 문을 열었던 게 문 스스로였어. 해는 자신을 원하는 사람에게 보이나. 나는 다른 입구도 찾아봐야 할 것 같았고, 넌 너무 힘껏 문을 당겼잖아. 우리에겐 지도가 없었으니까. 문구멍 사이로 태양의 흑점들을 봤어. 더 뜨거운 자리. 그 틈으로 현수가 몸을 끼우는 걸. 애벌레가 되어. 윤기가 흘렀어. 안으로 파고들수록 통통하게 살이 올랐어. 어떻게 타지 않았을까. 너도 봤잖아. 네 입이 벌어졌었어. 두려움이었어?

—

5부

**심장에 박힌
작은 초록**

창문을 닫은 이유

—

수면제를 먹고 자는 일이
편하다
영원히 이렇게 잠들면
더 편하겠지

너를 만나고
너를 만나면
나는 늘 앉아 있었고
너는 무언가를 말했고

나는 듣기만 했다
얼굴을 마주보지 않았고
손을 내밀지도 않았다
닿는 일은
조금 지나치게
가깝다고 생각했다

그러면서도
그 거리만큼 안도했다

—

굳이 닿지 않아도 됐어
나는 이미, 네게 중독되어 있었으니까

너에게서 퍼지는 냄새들
이불을 덮을 때마다
아직 묻어 있는 살냄새,
문을 열면 먼저 맞는
곰팡이와 눅눅한 너의 방냄새
서랍을 열 때마다
비닐이 바스락거리는 약봉지냄새
지워지지 않는 손끝의
연필가루와 볼펜똥냄새
책상 위에 아직 남아 있는
타다 만 나무 향의 연기
나는 지금도
너를 맡는다

예전에 누군가,

문을 다 막고 꽃향기로 죽었다고 했지
그녀가 택한 건
질식이 아니라
아름다운 냄새 속에서 천천히 썩어가는 일

나는 그 이야기를 읽고
창문을 닫았다
너의 냄새가 사라지지 않게
너의 흔적에 묻혀 죽고 싶었다

약은 후각까지
마저 잠재우고,
나는 눈을 감는다

내일이란……
내일이란……
내일이란……

나는 줄 밖에 있었다

광장의 말들이 흩어지고 있었다
광장의 말은 흩어질수록 그 온도가 뜨거워
나는 말없이 건물 틈으로 빠져나와
길게 돌아선 줄을 마주했다
가게 셋을 돌아
사람들이 서 있었다

그 끝에
소녀들이 모여 있었다
"이게 뭐야"
속삭이듯 터지는 분노
손에 휴지를 쥐고
서로에게 건넸다

그 말이
싸움이 되지 않고
다정이 되는 순간

줄은 움직이지 않았고

사람들의 말은 흩어졌지만
소녀들 사이에 온기가 있었다

그 온기는
목소리보다 오래 남았다
말보다 오래
차디찬 공기 속에서
서로를 데우고 있었다

내가 그 줄 어디에도
포함되지 않는다는 걸
알고 있었다
손에 쥔 것도, 내밀 것도 없었다
서 있는 자리조차
조금은 먼 것 같았다
나는 아무런 언어도 갖지 못한 사람처럼 입을 다물
었다

그 다정함은

———

78

내 것이 아니다

나는 그 곁에서
아무 말 없이 서 있었다
그들이 잃지 않기를
그 온기가 쉽게 꺼지지 않기를

나는 천막이 되고
이불이 되고
작은 바람막이가 되고

나는 조용히,
그리고 멀리
소녀들 곁에 있었다

웃는 사람

———

나와 절교를 선언한 한 사람
너는 화를 내고 나를 붙들고 흔들어댄다.

같이 마시던 술이 몸안에서 출렁인다.
예전의 내가 나에게서 떨어져나갈 듯
내 어깨 끝에 매달려 있다.

내 어깨에 닿은 너의 손은 아직 따뜻하다.
어떤 사람 그런 사람 그때 걔
한때의 우리는 우리를 우리라 부르지 못할 것 같다.

사람에게 토하는 것은 예의가 아니지만

너는 엉망이고, 너는 이래도 웃을 테지.
맨날 웃는 걸 좋아하는 사람들은
왜 헤어질 땐 웃질 못하지. 키득키득
순 순둥이로 봤더니 미친년이었네.

다음에 만날 때

———

이름 부르기
반말하기
별일도 아닌 일을 약속으로
동맹을 맺듯 거창하게

아직 그런 사이가 아니라도
내일도 그런 사이는 아니겠다.

불씨

———

불은 강 너머 민가를 덮치고 며칠을 더 태웠다. 불 사이로 그림자가 아른거렸다. 강 쪽을 향해 앉아 너는 불구경을 했다. 불이 물속에서 살아 있어. 타는 집을 타게 두고 그런 말들을 나누었다. 그 강 위로 우리도 타고 있었다.

두 눈에 불씨를 들인 사람들이 서성인다.

아무것도 남지 않는 날, 나는 잠금쇠를 풀고 쇠문을 연다.

화 없는 사람이 올 거야. 빈터에서 누군가 중얼거렸다. 그땐 따라가야 해. 폭설이 내리는 동안에도 연기가 보인다. 눈과 잿더미와 낙엽과 흙을 파는 사람들. 각자의 구덩이를 만든다. 그날은 오래 묻어둘 수 있다면 좋겠지. 빨간 장갑이 검게 되도록.

뼈대만 남은 자전거를 들이고 문을 닫으려 했다. 빈터라도 안쪽에 누우면 눈을 감을 수 있다. 손이 닿은 자리

———

마다 뜨겁고 눈은 떨어지기 전에 녹는다. 물은 눈을 녹이고 구덩이를 채운다. 나는 검댕을 씻어낸다.

웅덩이에 비친 얼굴은 형체가 없다. 눈 속 불씨 한 점.

금이 간 접시의 마음

———

매일 그릇을 깨고. 두 마리 새는 형체가 흩어진다. 꽃잎이 조각나고. 세트는 짝이 맞지 않아. 답례도 아직인데. 내일 하나 더 깨고. 깨지지 않는 접시도 언젠가 깨지고.

발 디딜 틈 없는 조각들을 두고 해변을 산책한다. 그곳에 그릇 없는 그릇 가게가 있어. 문을 열면.

엄마는 조각을 쌓아두고 또 조각내고. 내 발등의 조각을 꺼내고. 옆구리에 손을 넣는다. 그릇은 깨져서 울지 않는다. 깊숙이 박힌 파편들. 끝없이 부서지고.

문밖으로 바다가 밀려왔다 밀려간다. 꽃잎이 조각나 파도 위. 나는 던진 적이 없다. 파도는 밀려와 모래를 적신다.

한 번 밀려가면 손에 쥐어볼 수 없어. 심장에 박힌 작은 초록. 내부에서 아프게 껴안아.

엄마와 나 사이로 파도가 밀려간다. 조각들이 씻기고.

———

그녀는 조각들을 이어붙인다. 엄마가 조각들 사이로 금
빛을 덧칠한다.

　금빛 길을 따라 핏물이 흘러들고 모래알이 붉다. 새살
은 돋지 않는다.

겨울, 버찌

———

체리빛 손톱

죽은 네가 손가락을 움직일 때마다
나는 침을 삼켰지

손끝에는 네 얼굴이 담겨 있어서

표정은 공중에 떠 있고
표정 사이로

겨울. 마른 나무가 달고 있는 열매를 아무도 물어가지
않는다

주인이 접시를 나른다
조각난 치즈케이크에 캐러멜이 흐른다

죽은 너의 손가락이 멈춘 탁자를 핥을 뻔했다

테이블 위 조약돌

———

광대가 불에 데었다

죽은 너의 손가락을 빨고
내게 입술이 생겨난다

지구가 버티는 한

———

생산은 되었지만 유통은 될 수 없는 것들
파과, 늙은 경주마,
밑바닥이 다 타버린 가습기, 자주 멍을 때리는 경비원

뿌리째 뽑아버리고 싶은 것
흙을 열흘 동안 뒤집어 실뿌리 한 가마를 담았어.

정원을 한 달 동안 파헤치다
당신은 호미를 놓고 넋을 놓는다.

길고양이가 정원 안 바위에 엎드려 볕을 쬐고
당신은 그 옆에 흐트러진 잔디 위에 앉아 있다.

정원은 가마로 가득하다.
사람들은 실뿌리 가득한 집을 버리고 한두 집씩 이사
를 간다.
그렇게 두고 간다.

여기는 버려진 곳 같구나.

———

생산, 유통, 소비의 루틴이 영원히 반복되기를

지구는 인간보다 더 크니까

지구가 버티는 한에서

우리는 버려지기 위해 태어난다.

6부

구름 그림자 아래서
너를 기다릴게

소화불량의 문명들

점심시간, 앞선 사서는 334번대 서가에 서서 『소화력 상실의 역사』를 읽었다. 저자는 "소화불량에 걸린 문명인"에 관한 니체의 개념을 계승한다. 이 책은 현대인들이 유동식을 정상성으로, 이빨을 과도하게 사용하는 식습관을 비정상성으로 인식하게 된 역사를 그리스·로마 시대부터 현대까지 고고학적 시선으로 파고든다. 식사를 마치고 돌아온 우리는 푸코가 연하만 골라 만났대 왜? 상하가 섞이기 싫은가보지 뱉어놓은 껌을 다시 씹었다.

앞선 사서는 사직하던 날까지 책을 읽었다.

책을 앉은키만큼 쌓아두고 읽던 청년에게 소화기과나 정신과를 가도 소용없다고 말해줘야 할까. 책보다 먼저 멸종된 늑대의 이빨을 입고할까. 이빨이 없는 늑대는 부르짖지 못해 살아남았다. 〈미세한 것부터 바꾸자〉는 주제로 강연이 있다. 자기 배려가 소장의 웅모까지 닿도록.

도서관 화장실은 자주 오물로 뒤덮인다.

단성생식

노파는 노파가 아닐 때부터 나와 함께 잔다. 머리끝까
지 이불을 뒤집어쓰고

노파가 나를 낳고 아픈 곳이 나았다는 전설

창문은 열려 있고 나는 전설 안에 갇혀 있다. 열대의 밤

구름이 열을 품고서 더운 숨을 뱉는다.

이불 밖으로 머리카락이 빠져나간다. 나는 노파가 노
파가 아닐 때부터

노파의 코밑에 손가락을 대본다. 나는 이불 밖으로 빠
져나갈 수 없다. 밤새 식은땀이 아침을 적신다.

노파는 일어나 바닥을 훔친다. 나는 봉지를 뜯어 과자를
먹는다. 온종일 걸레질을 해도 닦이지 않는 비린 피냄새. 나
는 과자 부스러기를 떨어뜨린다. 노파를 따라다니며

노파는 나를 업고 자장가를 부른다. 노파는 구름을
보고 나는 노파의 등에서 미끄러진다. 당신이 구름 안에
서 얼굴을 찾는다. 나는 잠든 적이 없다.

나는 얼굴까지 구름으로 덮인다. 노파는 소주를 먹고
소주잔을 깨뜨린다. 조각을 밟고서 구름으로 들어온다.
구름 사이로 노파의 울음소리가 들린다. 갈라지고 찢어
지고 나는

얼굴 없이 노파에게 등뒤에서 말한다. 태어난 순서와
상관없어. 누가 먼저 죽을지 모르는 거야.

나는 구름 밖으로 조각을 던진다. 구름에 핏물이 번진
다. 내가 아프니 오래 살아. 노파를 생채기 낸다.

더운 숨을 뱉어도 춥기만 한 우리. 구름이 흩어지며 얼
굴이 찢긴다.

———

9

어두운 거리 지하 한 곳
지상으로 빛을 비춘다.

한 시인의 마지막 낭독회.

사람들은 시집을 한 시인의 유서로 읽는다.
시집 속 죽음의 단서들을 모아 길을 찾는다.

죽음을 향하는 길이 소셜네트워크에서 공유된다.
9일 누군가 문장을 추가로 발견한다.

벽돌과 벽돌 틈 파란 분필이 그어져 있어.

사람들은 길과 길 사이에서 다른 길을 찾는다.
샛길에서 망설이는 사람들이 서로에게 고개인사를 하
고 각자 다른 길을 향해 간다.
찾아가는 길이 달라지면 목적지가 달라지겠지.

'만약'이라는 낭만성과

길을 독해하고픈 욕망.

이름 없는 시인의 시집을 발간한 출판사에서는 독자
들에게 당부의 말을 알린다.
화자와 시인은 동일하지 않습니다.
시집과 관련된 과도한 해석은 삼가시길 바랍니다.
독자분들이 찾는 시인은 없습니다.

9월 구름 그림자 아래서 너를 기다릴게.

중단할 수 없는 몇몇이 하늘을 보며 걷는다.
그들은 길을 걷다 충돌하기도 한다.

땅의 길과 하늘의 길이 겹치는 지점.
몸과 몸이 부딪혀
지도 위 붉은 줄이 그어졌다.

우리는 길 위에서 죽거나 늙어 죽는다.
애초에 완성이란 없는 길.

———

사람들이 지쳐간다.

시집 한 권이 뭐라고.

시집은 고통의 기록이지.
시인에 대한 염려인지, 죽음에 대한 호기심인지.

9시 녹슨 쇠그릇 위로 빗방울이 떨어져요.

비 내리는 길 한복판에서 소리를 지르는 사람. 주저앉아 울부짖는 사람. 가눌 수 없는 몸을 전봇대에 기대어 보는 사람.

사람들의 내부가 파열하는 음.
쇠그릇 하나에 음들은 담기고 거리에 어둠은 퍼진다.
여기도 절벽이구나.

9초 너와 나는 지나친지 모르고 너와 나 아닌 것이 되어간다.

시인은 숨이 끊기는 동안에도 시를 쓰겠지.

비를 흠뻑 맞은 사람들이 계단을 내려간다.

어두워진 거리를 피해 사람들이 빛으로 빨려들어간다.

촌각을 다투는 목숨들이 책장에 꽂혀 있을 테다.

언어를 가진 적이 없다

달걀을 깨고 프라이를 하다 뜨거워진 기름이
언니의 쇄골에 튄다.
언니가 울기 시작한다. 나는 냉동실에서 얼음을 하나
빼서
언니의 쇄골에 얹는다. 언니가 더 서럽게 운다.

울다 나온 딸꾹질. 언니는 신생아처럼 우는 때가 많다.
나는 언니가 아파서 우는지, 배고파서 우는지,
어디가 불편한지 해독해야 했다. 우는 얼굴에서.
달걀프라이 익는 소리.
우리 둘만 서로를 해석할 수 있다.
그래서 우리 둘은 비밀이 많다.

나는 우는 언니를 보며 언니 곁에 주저앉는다.
언니의 울음은 내 내장의 스위치를 켜고 끄고
나는 갑자기 배가 아파 배를 쥐고 뒹군다.
기름 타는 냄새
아프다 생각하면 진짜 아팠다. 학교를 조퇴한다, 가출
한다.

의사는 속아서 약을 처방한다.

처방전만 받고 약국은 가지 않았다.

우리를 울게 하고, 아프게 하는 비밀들.

알약으로 사라지지 않는 것들.

책상 서랍 속 곰팡이 핀 도시락. 빨지 못한 속옷. 아무 것도 되고 싶지 않은 미래.

머지않아 언니와 나는 집으로 잡혀왔다, 학교로 잡혀 갔다.

진짜 아픈데 이번에도 진짜는 아닐 것도 같아서

언니에게 말하지 않는다. 선생님은 내게 꾀병을 잘 부 린다고 칭찬했다.

언니가 딸꾹질하며 타버린 프라이팬을 숨길 자리를 찾 는다.

검고 깊숙한 곳. 방학이야, 우리 어디든 다시 나가보자.

오직 우리 둘인 것만 같은 시간.

가방에 프라이팬을 넣고 이번엔 더 멀리 가보자고 했다.

우리는 둘뿐이라 꼭 쥔 손을 놓지 않고 서로를 숨길 수 있을 거야.

———

해설

번역 불가능한
체온의 문장

———————

최진석(문학평론가)

1. 잔열의 윤리

어떤 시는 손끝에 오래 남는다. 말로는 다다를 수 없는 감각이 체온처럼 스며들고, 그것이 식지 않은 채 하루를 버티게 한다. 송하얀의 시들이 그렇다. 그의 시는 한 번 읽히고 사라지는 문장이 아니라, 읽은 뒤에도 몸속 어딘가에 남아 미세한 열을 내는 문장이다. 말이 다 지나간 자리, 침묵이 머물던 곳에서 서서히 되살아나는 체온. 그것이 이 시집의 언어다.

『그 책은 내 빈 심장에 끼워둘게』가 그리는 세계는 결코 높거나 넓지 않다. 대신 낮고 좁으며, 어둡고 조용하다. 그곳엔 천막의 냄새, 지하상가의 공기, 겨울 새벽의 한기가 깃들어 있다. 시인은 언제나 '줄 밖'에 서 있다. 법과 제도, 사회적 질서의 '안'이 아닌, 그 '바깥'의 경계 위에서 세계를 응시한다. 하지만 바깥은 배제된 장소가 아니라, 타자들의 숨과 체온이 남아 흐르는 자리다. 시인은 그곳에서 무너진 말들을 주워 들고, 다시금 언어로 세공해낸다. 그것은 고통에 찬 기억의 편린이 아니라, 살아남은 자들의 몸에 남아 다른 삶을 가늠하게 해주는 낯선 감각의 기호다.

———

우리는 이 시집의 시편들이 종종 흩뿌려진 피와 잘린 손목, 얼어붙은 숨결 같은 이미지들로 시작되는 것을 본다. 그러나 잔혹한 폭력의 단편들은 삶의 피폐함이 남긴 기록에 그치지 않는다. 시인의 글쓰기는 피해의 서사를 곱씹는 데 만족하지 않고, 폭력이 지나간 틈새에서 미세하게 흘러나온 작은 열기의 흔적을 더듬는다. 그것은 파괴되고 무너진 삶이 보내는 생존과 연대, 지속의 신호일지 모른다. 잘린 손목이 여전히 떨리고 있다면, 거기서 발견하는 것은 고통과 동시에 삶의 증거가 된다. 이 시집이 기록하는 것은 그 떨림의 감각, 미세한 생의 잔존에 있다. 언어는 이를 완전히 전달할 수 없겠지만, 시는 그 불가능성 속에도 남은 온기를 찾으려는 간절한 시도다. 그것이야말로 송하얀의 시가 품은 가장 윤리적인 감각에 해당한다.

그의 시는 말하지 못하는 자의 말, 들리지 않는 자의 숨, 사라진 자의 흔적을 품으려는 몸짓이다. 하지만 이는 고발의 외침이나 체념어린 호소로 소모되지 않고, '말'의 가능성을 집요하게 캐묻는 방식으로 지속한다. 도저하게 버티고 선 저 폭력의 세계 앞에, 더이상 말로는 형용할 수 없다고 탄식하는 자리에서 다시금 언어의 조형을 믿고 시도하는 자가 시인이다. 종래의 단어와 문장, 어법으로는 식별되지 않는 낯선 감각을 붙잡아 언어화하려는 자가 바로 시인인 것. 요컨대 언어가 실패한 자리에서 가장 정확한 언어의 감각과 형태를 탐구하는 것이 이 시집의 역설이자 가능성의 윤리이다.

송하얀의 시에서 윤리란 어떤 규범이나 명제가 아니라, 타인의 체온을 감각할 수 있는 능력에 가깝다. 광장의 외곽, 천막의 구석, 줄의 바깥에서 시인은 차가운 공기를 가르며 누군가의 온기를 느끼려 애쓴다. 연대의 형식과 가능성은 그로부터 연유한다. 허공 속에 흩날리는 구호를 대신해 손끝의 온기를 보존하고, 폭로 대신 숨결의 남은 흔적을 간직하려는 의지가 여기 있다. 말보다 오래 남는 것, 그것이 시인이 믿고 있는 시적 실존의 아주 작은 출발점이다. 이 시집의 첫 페이지를 여는 당신 역시 그 체감에 몸을 실어야 한다.

2. 검은 바닥의 언어

시인에게 세계는 언제나 '아래'에서 체감된다. 그의 화자들은 하늘을 올려다보기보다 바닥을 닦고, 거기 주저앉거나, 지하로 몸을 옮긴다. 그러나 이 '아래'는 권력이 닿지 않는 자유의 장소가 아니다. 오히려 권력의 시선이 가장 가까이 다가가며, 심지어 깊숙이 스며드는 자리다. 교실의 바닥(「청소 시간」), 지하상가(「오버타임」), 술집 구석(「마주침」), 밑바닥(「지구가 버티는 한」), 구덩이(「불씨」) 등은 모두 감시와 폭력이 짜여드는 공간이다. 시인은 그 밀착의 감각에 주의를 기울인다. 이 세계는 구조가 무너진 곳이 아니라, 저 부정의 구조가 피부에 직접 와닿는 접촉면의 형태로 만들어졌다.

시집을 여는 첫번째 시편 「청소 시간」은 그 접촉면이 일으키는 불쾌하고도 빠져나갈 길 없는 좌절과 체념의 경험을 풀어낸다.

나는 밀대를 들고 교실 바닥을 닦고 있었다

선생님은 다가와 내 등뒤에 몸을 바짝 붙인다

검은 바닥이 더 넓어지고
선생님과 나의 그림자가 한 덩이가 된다

너 같은 애 예전에도 봤어 창백하고 마른

선생님은 나의 팔 안쪽 살을 만진다

똑바로 닦아
너 같은 애가 청소 시간에 주저앉아 하혈을 했어
깨끗한 바닥을 더럽혔어.
네 치마부터
이 바닥이 엉망진창이 될 때까지

나는 거울 없이 밑을 보았다
—「청소 시간」부분

교사의 말과 행동은 은밀하게 자행되는 성적 폭력을
시사한다. 하지만 개인의 부도덕한 일탈을 넘어, 그것은 이 사회가 어떻게 위계와 폭력을 결합하여 일상의 질서 속에 삽입하는지를 폭로한다. 교실 바닥은 높이상 '낮은 곳'일 뿐 아니라 화자의 시선과 몸이 가장 깊숙이 가라앉는 곳, 도망칠 곳 없는 막다른 골목을 뜻한다. "선생님"으로 존칭되는 권력은 그곳에서도 존재하고 또 작동한다. "검은 바닥", 어쩌면 그것은 권력이 지배하는 모든 시공간을 암유하는 말일지 모른다. 모욕적인 말을 들으며 "주저앉아 하혈"하는 화자는 그 "검은 바닥"의 폭력에 짓눌려 존엄과 안전을 박탈당한 상태다. 그러나 "밑"을 보는 그의 내리깔린 시선은 완전한 굴복이 아니다. 대신 자신의 신체를 통과하는 폭력을 세밀한 언어로 직조한다. "검은 바닥"은 피지배의 암울한 장소만이 아니라, 권력의 민낯을 비추는 증언의 현장이 된다.

"밑이 얼굴 앞에 놓여 있다/ 한없이 구부러진/ 밑과 입이 대화를 나눌 것같이". 이는 폭력에 지배당한 화자가 응시를 통해 자신의 언어를 맞세우는 장면이다. 몸과 말의 경계가 뒤섞이며 그의 언어는 새로운 방향으로, 폭력이 체화된 신체의 증인으로 나타난다. 이 시집이 냄새와 질감, 냉기 같은 감각적 요소로 가득한 이유가 여기

있다. 물리적 폭력에 언어적 폭력을 맞세우는 것은 자신
의 무력함을 고백하는 일이다. 거꾸로, 자기 몸을 통과
하는 폭력의 실상을 질감의 언어에 실을 때, 폭력의 야비
한 본질은 남김없이 폭로된다.

  웃는 얼굴에 침 뱉는 법 없다더니 진짜 그런 법 없
나. 법이 뭔지, 법전을 한 번도 펼쳐보질 않았으니.
법정은 드라마에서나 봤다. 그러니 나는 할 말이 없
다. 판사와 변호사와 검사. 셋만 준비되면 법 몰라도
법이라 말하면 법이 된대. 나는 세팅 잘된 포장마차
에서 심문을 받는다.
—「이건 영화가 아니야」 부분

  카프카 소설의 한 장면을 연상할 법한 이 대목에서, 화
자는 "법"의 진면목이 "판사"와 "변호사", "검사"라는
'이너 카르텔'이 꾸민 "드라마"나 마찬가지임을 직감한
다. 그것은 "세팅 잘된 포장마차"처럼 권력의 유희 공간,
도락의 무대와 다르지 않다. "법이라 말하면 법이 된"다
는 언급은 폭력과 권력이 제도 속에 잘 포장되어 있음을

방증한다. 그러니 권력에 대한 직설적 비판은 곧잘 폭력
적으로 진압되거나 권력에 포섭되고 동화될 수밖에 없
다. 시인의 일은 그것을 있는 그대로 재현하는 데 있지
않다. 오히려 "코미디로 시작해 고어물로 끝나는 서사를
작성"하거나, "생활에서 욕하는 법이라는 세미나"를 조
직하는 역설이 필요하다. 제도화된 폭력의 구조를 해체
하는 길은 내파(內破), 즉 그것의 언어를 빌려 다른 방식
으로 되돌려주는 데 있다. "욕"조차 "시적"으로 울리도
록 만드는 것처럼(같은 시). 이런 깨달음을 묘파하는 다
른 시편을 살펴보라.

그곳에 가기 위해 지하상가를 지나야 한다. 지난
밤 공공 화장실에서 아가들이 울었다. 뛰어가는 하
이힐소리. 밤은 지나갔고 지상엔 해가 떴다. 문 열지
않은 상점들. 누군가는 숨어 숟가락을 들고. 음식냄
새가 곰팡이와 뒤섞인다. 한낮이니까. 행인들이 걸어
온다. 상가의 등이 점멸하고 행인들의 걸음이 빨라
보인다. 여름 특수를 겨냥해 만든 성의 없는 공포물.
행인이 내 가슴을 꼭 쥐어보곤 갈 길을 간다. 식상하

고 어이가 없어 멈춘다. 뒤에서 엉덩이를 더듬는다.
행인들 사이 정지해 있는 사람들. 치마를 찢고 간다.
(…) 나만이 아니었다. 나와 함께 우리는 지하를 뛰
쳐나와 문을 잠가버린다. 지방 타는 냄새가 역하게
번지고. 지하를 나와 다시 지하일지라도.

—「오버타임」부분

"지하상가"와 "공공 화장실"의 음습한 지대를 통과해
"지상"으로 나간다 해도, "한낮"의 "행인들"조차 관성
처럼 폭력을 발산하는 것이 현실이다. 일상화된 폭력, 그
리고 간신히 이어가는 생존의 끈은 "지하를 뛰쳐나와 문
을 잠가버"리게 만들지만, 이 역시 완전한 해결책은 아
니다. "지하를 나"오면 "다시 지하"로 이어지는 탓이다.
이 세계의 '위'와 '아래'는 서로를 반사하는 거울의 두 표
면처럼 보인다. "지상"은 "지하"의 반복이기에, 탈출은
또다른 유폐로 이어질 뿐이다. 시인은 이 닫힌 세계에서
어떻게든 살아남으려는 움직임을 감지한다. 자동화된
폭력의 구조가 만들어내는 미세한 틈새와 그 사이를 빠
져나오는 작은 몸짓에 주의를 기울인다. 적극적이기보

다 소극적인, 능동적이기보다 수동적인. 조그마하지만 거창한 구원의 언어보다 더욱 절실한.

"저의 질문을 이해하세요? 의사가 말한다. 노력중이에요"(「비가 질문을 들을 때」). 이 대화는 제도의 언어가 고통을 어떻게 무력화하는지 암시한다. 자기 "질문"을 "이해"하냐는 "의사"의 물음은 일종의 명령어로 기능한다. 치료를 받으려거든, 일단 복종하라는 것. 환자가 되는 것조차 일종의 자격 심사를 거쳐야 한다. 그렇지 않다면 영구히 이 세계로부터 폐기될 것이다. 결국 '이것이냐 저것이냐'를 결정하라는 그 유사-신학적 권위 앞에 화자는 침묵을 택한다. 무지나 무능, 또는 무력의 어느 쪽인지 알 수는 없다. 하지만 이어지는 그의 응수, 곧 "나는 아무것도 하고 싶지 않아"는 작지만 단호한 반항의 가능성을 드러낸다. 그것은 부정의 최소 단위인바, 더이상 싸울 수도 없고, 회복할 수도 없는 몸이 내는 가장 낮은 형태의 결연한 의지를 말한다. 시는 침묵 직전의 언어를 몸짓처럼 남겨둠으로써 완전히 소멸하지 않은 거부의 감각을 증거한다.

이제 "바닥"은 더이상 추락의 장소로 남지 않는다. 그것은 권력의 시선이 놓이는 자리이지만, 또한 새로운 응시가 시작되는 접촉면이다. 시인은 그 위를 걸으며 자신이 보여지는 동시에 보는 존재임을 잊지 않는다. 시선과 응시의 교차를 통해 남아 있는 체온의 가능성도 탐색된다. 폭력으로 짓이겨진 틈새에서 새어나오는 미열을 감지하는 것, 그것이 이 시집의 첫번째 독법이다.

3. 조각난 몸의 기호

바닥에서 시작된 세계는 어느 순간부터 '안으로' 파고든다. 교실과 법정, 지하상가와 같은 외부 공간을 거치며, 이제 상처는 몸의 내부로 스며들어 관계의 결을 바꾸어간다. 시인은 그 상처를 개인의 경험으로 가두지 않고, 이 세계의 바깥을 향해 열어젖힌다. 이 시집에서 '몸'은 완성된 형태가 아니라, 부서지고 와해되면서도 끊임없이 이어지는 표면의 굴곡으로 제시된다. 의미는 그 틈, 즉 상처의 가장자리에서 발생한다. 그러니 살이 베이고 피가 흐르는 것은 저 의미의 생성을 위해서는 불가피한 일처럼 보일 지경이다.

———

더는 읽지 않는 책들이 쌓여 있다.
책을 펼치면 그녀가 사랑하는 사람의
심장을 꺼내 꿈틀대는 날것을 먹으며
나를 보며 웃는다.

(…)

엄마는 책 사이에서 면도날을 꺼내 자신의 종아리
를 벤다.
부엌 입구에서 졸고 있는 나를 업는다.

나는 꿈에서만 엄마를 찾고
자는 동안 이야기를 만든다. 다 채워넣으면
그 책은 내 빈 심장에 끼워둘게.
이야기 속에서 그녀는 내가 피를 볼 차례라고 했어.

내가 엄마를 천 일 하고도 더 죽이는 이야기와
상처가 벌어질 때의 미소와

저녁 만찬과
여름밤 공포 영화와
내 뒷덜미에 닿는 나무의 그늘
한 이야기와 다음 이야기 사이의

우리는 치마 밑단이 젖도록 취해 밤새 헛발질했다.
찻상이 넘어지고
병과 잔은 밤을 굴러 담을 넘어
지금까지 응고되지 않는 피.

―「엄마의 독서법」부분

이 시에서 "엄마"는 돌봄과 배려라는 모성의 상징이
아니라 상처와 욕망이 교차하는 존재로 그려진다. 그녀
는 독서를 통해 현실 바깥의 세계로 나가려 했을지 모
르지만, 그것은 "사랑하는 사람의/ 심장을 꺼내 꿈틀대
는 날것을 먹"는 도착적인 폭력성으로 귀결된다. "책 사
이에서" 그녀가 찾아낸 것은 "면도날"이었고, 그것으로
"자신의 종아리를 벤다"는 행위는 폭력이 끝내 자기파
괴로 이어지는 역설을 드러낸다. 어쩌면 이는 그녀가 자

신의 "엄마"로부터 물려받은 폭력성의 연속일지 모른다. 이를 어렴풋이 눈치챘기에 화자는 책 읽는 "엄마"의 모습을 보았을 때 "자는 척하지만 잠들지 못하는 긴 밤"을 보내야 했을 것이다. 엄마의 엄마, 그리고 엄마에서 자신으로 이어지는 폭력의 계보. "이야기 속에서 그녀는 내가 피를 볼 차례라고 했어." 이렇게 반복되는 폭력은 개인의 탓이기보다, 사회적 유전에서 연유한다. 앞선 다른 시편들처럼, 여성의 신체가 직면했던 폭력의 오랜 역사가 투영된 결과인 것이다. "독서"는 이를 벗어나는 방편인 동시에, 그 고통의 역사를 서사화하는 방법이 된다. 송하얀의 시가 사적 감정의 이면에 깃든 보편적 폭력의 기원을 탐색하는 지점이 여기다. 화자가 견뎌냈던 그 "밤"은 세대 간에 전달된 폭력의 어둠이면서, 그 서사적 성찰의 언어가 생겨나는 시간에 비견된다.

찬장에 넣어둔 항아리에서 울음소리 들리던 날. 엄마는 허공에서 발 디딜 곳을 찾지 못하고 항아리는 부서졌다. 엉덩이뼈가 금이 갔대. 항아리를 잡으려는데 빛조각이 눈을 찔렀어. 너는 별일 없어? 한 번

깨진 항아리는 붙이기 힘들어. 나는 엄마에게서 멀어지기 위해 사막까지 갔었다. 집은 모든 것이 그대로 멈춰 있다. 대문은 열려 있다. 의자 주변에 항아리 조각이 흩어져 있다. 아무런 무늬도 없는 이런 항아리가 대체 뭐라고. 엄마의 민얼굴들이 조각나 나만 보고 있다. 당신은 내가 돌아오기만을 바랐다. 저는 그만 보시고 본인 식사를 하세요. 민달팽이들. 내 몸을 기어다니는 축축하고 미끄러운 생물. 우린 머물 곳이 없어서 미끄러지고만 있는데. 항아리 안에서 모든 소리가 울음으로 변환되고 있었다. 나는 엄마의 엉덩이뼈를 걷어차고 태어났지. 집을 나올 때도 나무문이 부서졌다. 호적에서 파는 것도 나쁘지 않네요. 나는 뾰족하고 날이 선 조각들을 흘리고 다녔다. 핏빛 발자국이 찍힌 이유도 모른 채. 엄마는 빈방에서 조각들을 깁거나 주워 붙이고 있었구나. 깨진 항아리가 내 발밑에서 다시 깨지고 모래 먼지가 엄마의 세간에 더께로 앉는다. 조각들은 내 손이 닿지 않는 지층으로 묻혀버렸다. 이 흙은 곱고 부드럽네. 진흙 안에서 걸어나오는 진흙인간. 부푼 배를 매만지며 나누는 속삭임. 이번엔 잃어버리지 말자.

—「잃어버린 조각을 찾아서」 전문

화자는 "깨진 항아리"와 "엄마"의 "민얼굴", 그리고 자신의 "몸"을 겹쳐놓는다. "나는 엄마의 엉덩이뼈를 걷어차고 태어났지." "엄마"는 "나"에게 폭력의 계보를 물려주었지만, "나" 또한 그녀의 몸에 상처를 내고 태어났으니 원망만 할 수는 없다. 자기 운명에 대한 한탄과 저주는, 삶의 이어짐이라는 관점에서 생명의 긴 연속을 드러낸다. "내 몸을 기어다니는" "민달팽이"의 움직임은 그 같은 생명의 끈질긴 잔존과 지속, 폭력을 이겨내는 삶의 이미지이다. 부정을 긍정으로 순치하려는 소박한 논리에 이끌릴 필요는 없다. 폭력의 계보를 통해 탄생한 생명은 순결하거나 회복적인 것이 아니다. "나는 뾰족하고 날이 선 조각들을 흘리고 다녔다"는 고백은, 오직 상처를 통해서만 지속적인 자기 변형과 삶의 연속이 가능함을 보여주는 역설에 속한다. 시인에게 '회복'은 부서진 것을 다시 복구하는 일이 아니라, 흩어진 채로 살아남고 자기 존재를 지속하는 일이다. 파편은 본래의 형태로 결합되지 않아도, 그 자체로 새로운 관계를 구성하는 요소가 될 테니.

주머니에는 약이 아닌 점토가 들어 있다. 혹시 내
가 주머니에 넣어두고 잊어버린 건 아닐까. 나와 멀
어진 사람이 여전히 연결되어 있다고 믿는다. 내 것
아닌 것을 나에게 당기려고.

그녀의 온기가 점토에 남아 있다. 점토는 손안에
꼭 쥐어질 만큼 뭉쳐진다. 점토는 작은 사람 모양.
채 굳기도 전에 내가 망쳐버렸다. 작은 사람은 코가
뭉개지고, 한쪽 귀가 찌그러졌다. 망가진 사람도 사
람이라고 해야 할까.

(…)

아파도 아파하지 않는 건 아픈 걸까, 아프지 않은
걸까. 나는 가야 할 길들과 함께 뭉개지는 중이다.
　　　　　　　　　　　　—「뭉개지는 사람」 부분

관계는 두 갈래로 나아간다. 하나는 자신을 향한 것, 다른 하나는 타자를 향한 것. 이 두 갈래는 본질적으로 하나다. "길바닥에 누워 있는 자신"은 거리를 걷다 마주치는 누구를 닮았다. 폭력에 찌든 또다른 자기 자신처럼. 모두는 각자로서의 타자지만, 타자는 모두 동일한 삶의 조건 속에 뭉개져 있다. "주머니"에 든 "작은 사람 모양"의 점토처럼, 그러나 "굳기도 전에" 스스로 망쳐버리는 사람 아닌 사물처럼. "망가진 사람도 사람이라고 해야 할까." 실패한 창조, 그것은 완전한 형상에 도달할 수 없는 불완전한 인간의 조건을 말한다. 아마도 그 불완전성으로 말미암아 인간은 폭력과 착취, 잔혹에 심취하게 되는 것이리라. 이때 '뭉개짐'은 불완전함을 지시하는 결함이라기보다, 그럼에도 지속할 수밖에 없는 삶의 필연적 형태일지 모른다. 굳지 않은 점토처럼, 유동적이고 미완의 상태일 때만 서로 이어붙일 수 있고, 새로운 관계의 형태도 생각할 수 있을 테니 말이다.

이 시편들을 관통하는 주제는 상처가 파괴의 기록을 넘어서 관계의 언어로 전환될 수 있다는 점이다. "피"(「엄마의 독서법」)와 "항아리 조각"(「잃어버린 조각을

찾아서」), "점토"(「뭉개지는 사람」)는 모두 훼손된 몸의
잔해지만, 떨어져 있기에 다시 이어붙일 가능성도 얻는
다. 선험적으로 완성된 형태는 없다. 몸은 규정된 형태를
갖지 않은 채, 다른 신체의 조각들과 만나고 접붙을 때
또다른 몸으로 생성될 것이다. "나는 가야 할 길들과 함
께 뭉개지는 중이다." 이 고백은 폭력의 계보 이면에 다
른 삶의 통로가 열려 있음을 흐릿하게 보여준다. 부서진
신체와 파괴된 마음, 그 어두운 조각들이 서로 기댄 채
피워내는 생의 연대기가 이 시집의 두번째 독법이다.

4. 가장자리의 존재

폭력의 흔적을 담아내는 시선은 이제 바닥에서 가장자
리로 이동한다. 그곳은 여전히 세계의 중심이 아니며, 변
경의 끝자락에서만 그 실존이 간신히 유지되는 장소다.
송하얀의 시에서 '가장자리'는 결코 안정된 공간이 아니
다. 그것은 권력의 시선에서 밀려난 자들이 임시로만 몸
을 가눌 수 있는 불안정한 경계 지대로서, 찰나의 순간
에만 겨우 다정의 온기를 나눌 수 있는 유일한 장소다.

———

우리는 천막에 앉아 있어. 천막 주위로 사람들이
무심히 오고가네. 우리는 파도에 떠밀려 여기 왔어.
우리는 힘이 없으니까. 우리를 반작용이라 부를까.
우리는 하나의 외투를 함께 걸치고, 추위를 버티지.
세상의 가장자리에서. 근데 여기 또 누가 있지 않았
어? 점점 가장자리가 투명해지네.

—「광장에서」 부분

　여기서 "광장"은 역사를 뒤바꾸는 혁명의 현장이 아니
다. 거대하게 응집된 열정으로 세상이 나아지길 바라는
희망의 공간도 아니다. 오히려 한겨울의 찬 공기 속에
서 가까스로 서로의 체온을 나누는 '생존의 자리'일 따
름이다. '세상의 가장자리'라 부를 만한 이 시공간은 단
순한 물리적 위치가 아니라, 사회적 체계에서 밀려난 '작
고 낮은 존재들'의 자리를 가리킨다. 시인은 이 가장자
리를 연결하는 매개체를 "외투"라는 일상의 사물로 제
시한다. 그것은 한 사람이나 겨우 가릴 만한 보잘것없는
조각이지만 "우리"를 "함께"로 모아들여 "추위를 버티"

도록 지탱하는 구조이다. 그러므로 "외투"는 공동체의 최소 단위이자 그 표현의 형식이며, 옹기종기 함께한 이 들이 '추위를 버티는 법'을 익히게 해주는 연대의 장치가 된다.

> 내가 한 아이의 외투를 벗겨버렸어. 매일 추웠던 것 같은데 더 추워졌어. 그래도 그 아이는 버스 안으로 들어갔어. 그 아이의 몸에 서로 새긴 손톱자국이 선명했어. 우리 쪽을 쳐다보며 귓속말을 하고 서로 팔짱을 끼는 것 같았어. 버스 창이 더운 숨으로 꽉 차 불투명하더라. 더이상 안이 보이질 않았어. 그들에게 우리도 그렇겠지. 우리를 두고 따뜻함을 얻었네. 그리고 우리는 추운 외투를 얻었고. 우리도 이 천막을 나서야 하지 않을까.
>
> —「광장에서」 부분

한번 곱씹어볼 만한 대목이다. 화자는 "한 아이의 외투를 벗겨버"리고, "그 아이는 버스 안으로 들어"간다. 대의를 위해 집결한 광장에서 서로 힘을 보태고 정을 나누는 장면과는 정반대의 광경이다. 어쩌면 생존을 위한 폭력의 반복처럼 비칠 법하다. 하지만 곰곰이 뜯어보면 실제로는 윤리적 선택의 복잡함이 여기 내재한다. '벗겨진 외투', "아이의 몸에 서로 새긴 손톱자국"은 연대의 실패를 암시한다. 이웃은 멀고 낯설며, 구원이나 희생은 생존의 엄중한 기로에서 차마 바라기 힘든 명제처럼 들린다. 그럼 "외투"를 잃은 아이는 어떻게 되는가? "그래도" "버스 안으로 들어"간 것은 요행일지 모른다. 현실에서는 있을 수 없는. 하지만 이러한 요행은 종종 일어난다. 우연이기보다 필연으로. 화자를 비롯해 "버스"에 오르지 못한 이들을 대신하여, 서로 "손톱자국"을 남기더라도 "안으로" 들어간, 또는 들여보내는 이들이 있다. 감동적인 대의명분이나 고귀한 희생정신 대신, 한기로 밀려난 누군가로 말미암아 누군가는 온기를 얻는다. 권력의 탐욕과는 다른, 냉정한 삶의 진실은 그것이다. 누가 더 따뜻하고 누가 더 차가운가를 넘어서, 시인은 그 미세한 온도 변화 자체에 관심을 갖는다. 그가 기록하는 것은 거대한 이상의 "광장"이 아니라, 서로의 스치는 체온으로 서로가 버티는 한겨울의 사건이다.

광장의 말들이 흩어지고 있었다
광장의 말은 흩어질수록 그 온도가 뜨거워
나는 말없이 건물 틈으로 빠져나와
길게 돌아선 줄을 마주했다
가게 셋을 돌아
사람들이 서 있었다

그 끝에
소녀들이 모여 있었다
"이게 뭐야"
속삭이듯 터지는 분노
손에 휴지를 쥐고
서로에게 건넸다

그 말이
싸움이 되지 않고
다정이 되는 순간

줄은 움직이지 않았고

사람들의 말은 흩어졌지만

소녀들 사이에 온기가 있었다

―「나는 줄 밖에 있었다」 부분

　남겨진 이들의 체온이 만드는 윤리, 그런 것이 과연 가
능할까? 이를 여실히 증거하는 작품이 이 시편이다. 화
자는 "광장"으로 표명되는 어떤 의례의 공간 '밖에' 서
있다. 서로를 돌봐주고 챙겨주는 "줄"이라는 통념의 '안
쪽'과 '바깥쪽'이 만드는 대비는 송하얀의 시 세계 전반
을 압축하는 구조적 상징이다. 안쪽의 세계는 인정받은
자, 말할 권리를 가진 자들의 영역이지만, 바깥쪽은 그
저 침묵 속에 실존 자체를 견뎌야 하는 배제의 지대다.
그러나 그 침묵은 무력함의 징표가 아니라, 언어의 다
른 층위를 여는 문이 되기도 한다. 줄 "끝"에 모인 "소녀
들"은 자신들의 처지에 "분노"를 터뜨리지만, 함께 있다
는 사실 자체가 그들 사이를 "싸움" 대신 "다정"으로 바
꾸고 있지 않은가? 어쩌면 "온기"란 함께 있다는 현사실
자체로부터 발원하는 공-동(共-動)의 효과 아닐까? 거

창한 대의명분이나 투사적 구호 없이도 얼마든지 서로를 기댈 수 있게 만드는. "그 온기는/ 목소리보다 오래 남았다/ 말보다 오래/ 차디찬 공기 속에서/ 서로를 데우고 있었다".

그런데 이 시편의 놀라운 점은 그다음 대목에 나온다.

내가 그 줄 어디에도
포함되지 않는다는 걸
알고 있었다
손에 쥔 것도, 내밀 것도 없었다
서 있는 자리조차
조금은 먼 것 같았다
나는 아무런 언어도 갖지 못한 사람처럼 입을 다
물었다

그 다정함은
내 것이 아니다

나는 그 곁에서

아무 말 없이 서 있었다
그들이 잃지 않기를
그 온기가 쉽게 꺼지지 않기를

나는 천막이 되고
이불이 되고
작은 바람막이가 되고

나는 조용히,
그리고 멀리
소녀들 곁에 있었다

―「나는 줄 밖에 있었다」 부분

　저 "온기"의 무대에, 낯선 연대의 장에 "나는 조용히,/
그리고 멀리", 하지만 "곁에 있었다". "그 줄 어디에도/
포함되지 않는" "나"의 모습은 아이러니하다. 자기의 모
습을 빼놓은 연대의 장면을 우리는 상상할 수 있을까?
"그 다정함"이 "내 것이 아니다"라며 순순히 자신의 안
위를 포기할 수 있을까? 그런데 만일, 오직 그렇게 함으

로써 "다정함"이 가능해지고, "온기"가 유지될 수 있다면, '나를 제외한' 저 "광장"을 나는 긍정할 수밖에 없지 않을까? 이는 진정으로 심오한 윤리적 질문이다. 한겨울의 한기에 맞서, 냉혹한 폭력에 저항하여 하나처럼 결집하는 '우리'의 모습은 아름답고 행복할지 모른다. 하지만 실제 삶은 그리 녹록하지 않다. 누군가는 "줄 밖에" 서야 다른 누군가가 '줄 안에' 설 수 있다. 약육강식의 논리를 지지하는 것이 아니다. 이룰 수 없는 이상을 대신해 한정된 삶의 안위와 기쁨에서 자신을 제외하는 것, 기꺼이 "줄 밖"으로 나설 용기를 말하는 것이다. "멀리" 그리고 "곁에"라는 배리적 감각의 윤리가 성립하는 지점이다. 공익이나 희생의 도덕적 환상 너머에서 윤리적 역설마저 감싸안고 끌어당기는 행위의 가능성은 어디에 있을까?

물론, 이런 역설의 윤리를 통해 이 세상이 일거에 구원될 것이라 믿을 수는 없다. 그 위태로움을 서술하는 다음 시편을 보라.

불은 강 너머 민가를 덮치고 며칠을 더 태웠다. 불

사이로 그림자가 아른거렸다. 강 쪽을 향해 앉아 너
는 불구경을 했다. 불이 물속에서 살아 있어. 타는
집을 타게 두고 그런 말들을 나누었다. 그 강 위로
우리도 타고 있었다.

두 눈에 불씨를 들인 사람들이 서성인다.

아무것도 남지 않는 날, 나는 잠금쇠를 풀고 쇠문
을 연다.

화 없는 사람이 올 거야. 빈터에서 누군가 중얼거
렸다. 그땐 따라가야 해. 폭설이 내리는 동안에도 연
기가 보인다. 눈과 잿더미와 낙엽과 흙을 파는 사람
들. 각자의 구덩이를 만든다. 그날은 오래 묻어둘 수
있다면 좋겠지. 빨간 장갑이 검게 되도록.

뼈대만 남은 자전거를 들이고 문을 닫으려 했다. 빈
터라도 안쪽에 누우면 눈을 감을 수 있다. 손이 닿은
자리마다 뜨겁고 눈은 떨어지기 전에 녹는다. 물은 눈

을 녹이고 구덩이를 채운다. 나는 검댕을 씻어낸다.

웅덩이에 비친 얼굴은 형체가 없다. 눈 속 불씨 한 점.
　　　　　　　　　　　　　　　　　—「불씨」 전문

시집 말미에 자리한 이 작품은 불타버린 세계, 즉 파괴 이후에 남아 있는 잔여의 흔적을 기록한다. "강 너머"에서 일어난 화재에 우리는 무력함을 느낀다. 건널 수 없는 거리 탓이다. 그런데 이는 불길을 바라보는 자의 윤리적 태도를 촉발한다. 화자가 "그 강 위로 우리도 타고 있었다"며 심정적 고통을 토로하기 때문이다. "불"과 "물", 이는 죽음과 삶이 교차하는 순간 진정 '살아 있음'이란 무엇인지 묻고 답하기 위한 조건이기도 하다. 필경 산다는 것은 '강의 이편'에, 즉 '나'가 위치한 이 세계의 재난에 대한 태도만이 아니라, '저편'에 있는 타자들의 재난과 고통, 그들의 죽음에 대한 태도 속에서도 의미화되는 것이리라. 그렇기에 "아무것도 남지 않는 날, 나는 잠금 쇠를 풀고 쇠문을 연다"는 폐허를 딛고 새로운 삶을 열기 위한 최초의 시도에 값한다. 하지만 명심하자. 열린

문 바깥은 즉각적인 구원의 공간이 아니라 무엇도 남지 않은 "빈터"일 수도 있음을. 그 어떤 시도도 무망한 귀결을 낳을 수 있음을.

어쩌면 우리가 바랄 것은 실제적인 구원, 폭력 없는 세계의 도래 자체가 아닐지 모른다. 아주 잠시간이라도, 폐허가 남긴 온기를 느끼고 기록할 수 있음이 다일 수도 있다. 잔해의 공허를 느리게 통과하는 잔열의 언어, "눈 속 불씨 한 점"과도 같은 그것만이 가능할지 모른다. 이 세계의 파괴가 불가피하다면, 불가피하게도 우리는 그로부터 출발할 수밖에 없다. 미미하게 남았고 또 이내 사라질 것이지만, 있음 그 자체로 인해 다시 또 불러낼 수 있는 온기의 기억을 통해 세계는 기록될 것이다. 운이 좋다면, 다시 만들어질 수도 있겠지. 이를 위한 언어를 남겨두고 끌어안는 행위, 이것이 이 시집을 읽는 세번째 독법이다.

5. 폭력 이후의 말

『그 책은 내 빈 심장에 끼워둘게』는 한 개인의 내면을 토로하는 서사가 아니라, 말할 수 없는 세계의 복잡성을 가만히 응시하는 누군가의 고백이다. 시집은 청소 시간 교실에서 시작된 폭력을 원초적 출발점으로 삼는다. 그것은 우발적인 사건이 아니라 여성의 몸과 언어가 동시에 훼손되는 사회적 조건의 산물이다. 그렇게 이어지는 시편들은 실존과 삶의 조건을 다양한 방식으로 조명하고, 그 실감의 현장을 변주한다. 특히 지하와 바닥 등으로 상징되는 하부 공간의 이미지는 폭력과 권력이 장악한 이 세계의 어두운 이면을 구체화하는 장치다. 하지만 시편 전반은 폭력의 피해를 호소하거나 고발하는 사회적 서사로 정립되지 않는다. 오히려 그 너머에서 솟아나는 더 본질적인 질문, 즉 세계와 나, 나와 타자, 언어와 표현을 둘러싼 답변에 골몰한다. 요컨대, 시인의 글쓰기는 언어가 와해된 자리에서 어떻게 언어가 이 세계에 대해 다시 말할 수 있을지 묻고 답하는 실험에 몰두한다. 말이 더이상 도달하지 못하는 틈새에서 발화하는 언어가 그의 주제인 것이다.

시집에 등장하는 화자들은 끊임없이 '바깥'으로 내몰리고 배제되는 위험에 던져진다. '나는 줄 밖에 있었다'

의 '줄'은 이 세계를 인식하는 인식론적 경계이자 시적 감각의 의미론적 경계를 말한다. 시인은 그 경계의 바깥에서 타인의 말과 몸, 잔여의 감각을 더듬어 언어에 싣는다. 이 세계의 가장자리로부터, 무력한 관찰자의 자리에서 역설적으로 시는 쓰이기 시작한다. '목소리보다 오래 남는 온기'는 침묵과 응시가 대신하는 발화의 형식에 해당한다. 그것은 통상의 의사소통을 넘어, 이 세계의 틈을 감지하는 필사적 행위에 가깝다.

시인의 언어는 그 침묵과 응시의 끝에서 다시 열리는 또다른 가능성을 보여준다. 시집이 종반으로 향할수록 말은 파열음을 낸 채 흩어지지만, 그 사이에도 단어와 단어, 구절과 구절은 서로의 파편을 더듬으며 새로운 문장 속에 모여든다. 그것은 언어의 부재가 아니라, 언어가 갱신되는 순간이다. 무너진 파편을 통해 화자는 더듬거리며 말을 직조한다. 불완전한 문법, 손상된 리듬, 응시와 침묵의 결로 엮인 문장이 그 자체로 이 세계의 잔해를 전시한다. 시적인 것은 그 결핍의 리듬과 존재의 지속이 어울리는 과정에서 생겨난다. 시인은 언어가 중단된 자리를 마지막까지 지키며, 그 침묵 안에서만 살아나는 말의 불씨를 키우는 존재다.

'줄 밖'은 더이상 배제의 은유가 아니다. 그것은 이 세계의 틈새를 드러내면서 폭력의 바깥이 있음을 알리고, 역설적으로 폭력을 통해서는 이 세계가 완결되지 못함을 알린다. 이를 위해 시는 지속적으로 미끄러지고, 흔들리며, 교란되는 와중에 발화한다. 바닥과 지하에서, 상처 입은 몸과 잿빛의 언어가 서로의 흔적을 주고받으며, 세계의 경계를 무너뜨리면서 다시 그려간다. 시는 설명하거나 구원하지 않는다. 대신, 무너진 세계의 표면을 손끝으로 더듬어 상처를 새겨놓는다. 바로 이것이 송하얀의 언어가 택한 시학이다.

『그 책은 내 빈 심장에 끼워둘게』는 결국 '말할 수 없음'의 미학이 아니라 '끝내 말하려는 존재'의 윤리에 근접한다. 폭력과 상처, 단절과 부재를 통과하는 언어는 세계를 하나로 봉합하는 완전한 서사를 꿈꾸지 않는다. 다만 무너진 말의 폐허 위에서, 이전과는 다른 언어와 문자를 만들어내는 과정을 보여준다. 시인에게 시는 세계를 완성하거나 정돈하는 기호가 아니라, 세계의 잔해를 붙잡는 몸짓이라 불러도 좋을 것이다. 그 언어는 서늘하고 불안정하지만, 그 불안한 감각 속에서만 숨쉬는 진실을 보존한다. 송하얀의 시가 도달한 곳은 폭력의 부정도, 상처의 승화도 아니다. 그의 시는 그 폭력의 잔해 속에서 언어의 가장 낮은 자리, 다시 말해 여성의 몸이 언어가 되는 자리에서 시작한다. 그 몸은 여전히 상처받고 치유되지 않은 채 남겨져 있지만, 그 상처로부터만 이 세계는 다시금 말해질 것이다.

이 시집의 마지막 시편에 도달한 독자는 무엇을 얻게 될까? 필시 정합적인 예술적 의미나 도덕적 해법은 아닐 듯하다. 오히려 그것은 쉽사리 사그라지지 않는 잔열의 감각에 가까울 것이다. '줄 밖'의 존재들이 미미하게나마 서로의 체온을 나누듯, 시인의 문장 역시 어긋난 언어의 틈새에서 서로를 붙들고 있다. 잔열은 그 관계의 물질적 표현이며, 폭력 이후의 세계에서도 여전히 말이 가능함을 믿게 해주는 마지막 증거다. 시인은 그 불씨를 꺼뜨리지 않기 위해 다시 바닥으로 내려가 글을 쓴다. 그것은 이 잔해뿐인 세계에서 미미하게 명멸하되 끝내 꺼지지는 않을, 번역 불가능한 체온의 문장일 것이다.

그 책은 내 빈 심장에 끼워둘게

초판 1쇄 인쇄 2026년 1월 30일
초판 1쇄 발행 2026년 2월 10일

지은이 송하얀

편집 정소리 | 디자인 윤종윤 이주영
마케팅 김다정 박재원 | 저작권 박지영 형소진 주은수 오서영 조경은
브랜딩 함유지 김은솔 박민재 이송이 박다솔 조다현 김하연 이준희 신은서
제작 강신은 김동욱 이순호 | 제작처 한영문화사

펴낸곳 (주)교유당 | 펴낸이 신정민
출판등록 2019년 5월 24일 제406-2019-000052호

주소 10881 경기도 파주시 회동길 210
문의전화 031.955.8891(마케팅) | 031.955.2692(편집) | 031.955.8855(팩스)
전자우편 gyoyudang@munhak.com

홈페이지 www.gyoyudang.com
인스타그램 @gyoyu_books | 트위터 @gyoyu_books | 페이스북 @gyoyubooks

ISBN 979-11-24128-38-1 03810